玉石之苍鸟山

姚 佳 ◎著

海天出版社
·深圳·

图书在版编目（CIP）数据

玉石之苍鸟山 / 姚佳著. — 深圳：海天出版社，2019.3
ISBN 978-7-5507-2580-5

Ⅰ. ①玉… Ⅱ. ①姚… Ⅲ. ①长篇小说－中国－当代 Ⅳ. ①I247.5

中国版本图书馆CIP数据核字(2019)第005384号

玉石之苍鸟山
YUSHI ZHI CANGNIAOSHAN

出 品 人	聂雄前
责任编辑	熊　星　童　芳
责任校对	万妮霞
责任技编	郑　欢
装帧设计	知行格致

出版发行	海天出版社
地　　址	深圳市彩田南路海天综合大厦7—8层（518033）
网　　址	http://www.htph.com.cn
订购电话	0755-83460397（批发）　83460239（邮购）
设计制作	深圳市知行格致文化传播有限公司
印　　刷	深圳市新联美术印刷有限公司
开　　本	889mm×1194mm　1/32
印　　张	8
字　　数	145千字
版　　次	2019年3月第1版
印　　次	2019年3月第1次
印　　数	1—1000册
定　　价	39.80元

海天版图书版权所有，侵权必究。
海天版图书凡有印装质量问题，请随时向承印厂调换。

第一章

古巫国宫殿

王宫由六座大的宫殿组成,宫殿群呈金黄色,最大的当属平日里巫王召见群臣、举行宴会的主殿:宏明殿。宫殿群的西南面是供奉着蜀国先王的宗庙,东面是王子们的寝宫。

年迈的巫王盯着桌上的一块朱红色方巾出神,方巾上绣着一只黑色大鸟,站立在一根树枝上,张着口,仿佛在号令着同类……

"上,人到了。"台下的侍从不知什么时候走了进来。

"嗯。"巫王回过神,将目光从方巾上挪开。

不消一会儿,一个身形高大,四肢修长的青年男子来到殿下,他头微低,双膝着地:"上安好?"

巫王走下神台,手放在他头上,以示回礼。

"寡人听说你在召集各部落准备对付九黎部落的蚩尤?"

"是。"青年人恭顺地答道。

"寡人授予你的行兵布阵之艺无法降服他吗？"

"蚩尤部落不知从何处得了妖法，能征风求雨，所戴兵甲能刀枪不入，我部无法攻破他们的阵法。"青年将头埋得更深了。

"唉，寡人本不应参与你们的争斗，"巫王透过宫殿望向远处的河流，声音低沉地说，"你先回去吧。"

"上，"青年急了，"他们作恶多端，恳请上授予我部更多神力。"

巫王转身离开，青年望着他的背影发呆。一老者缓缓走入，右手轻搭在他肩上，说："君请起吧，上自有神断。"

雍乐殿

巫王正坐金位，在他左右两边站着两位身着白服的年轻人。

"寡人知道这么做是坏我巫之法，你二人若觉不妥，可不必依之。"巫王面有难色。

两个年轻人面面相觑，低头谦逊地回："臣听从上之旨意。"

"后、牧，你们都是巫国族人后辈之翘楚，又精通兵法、武功，"他停顿了一下，继续说，"寡人派你们前去辅佐黄帝部落，平息人间的祸事，应允否？你们可与本族长老商议。"

"诺。"

小王子不知何时走入内殿。他手上端着一壶泡好的茶水，他将茶杯中已冷却的水倒入水槽中，再倒入新茶，一时间，芬香四溢。小王子奭看着日渐憔悴的老人，脸上挤出一丝笑容，宽慰道："天意如此，父王只是顺势而为罢了。"

"寡人之过失，却要累及族人。"巫王面部扭曲，痛苦得哀号。

确切地说，应是兄长的错失，奭想，可他不能提及兄长，父王的神经经不起再次的考验。

周王室的藏书殿，青年史官李隐正在整理王室的古书，《三坟》《五典》《九丘》，这些写于金帛上的文字晦涩难懂，他却乐此不疲。他仰慕上古的能人杰士，上古的三位神医：雷公、岐伯、俞跗，他们有着起死回生的不世绝学，可是金帛上有几行关键的文字被人为地抹掉。闲暇时他神游《九丘》，书中藏着天下九州，各地风土人情，他对书中几笔带过的古庸国痴迷不已。"少私寡欲，夫不争，国小民乐。"

此时天下，王权渐微，诸侯崛起，诸侯间混战连年，小国夹杂在大国间，朝不保夕，弱肉强食，常年遭受饥荒战乱之苦。

"若君王少私寡欲，莫觊觎他国之疆土，尊周王，孝亲邻，又怎么会出现民饥、杀人越货、国破家亡的人间惨剧？"他卷着金帛自言自语。

"李隐，太宰来问天子日常？"主事小官身形矮小，可声音洪亮。

"如常。"他放下金帛,双手重叠、拇指相对,身体微微向前回答道。

入冬的王城门口,两旁高大的白果树颓象尽显。太子晋左手托着心爱的笙,所随行李不过一件包袱和一个忠心的奴隶。

奴隶没有人身自由,终其一生都要效忠其主人,不管其主人落魄与否。运气好的奴隶能碰上一个脾气好的主子,不会被随意打骂,更不会危及生命,甚至,还能得到一个名字。前太子的奴隶幸运,不仅得到了主人的宽待,还得到了名字:亘生。

"亘生,你若是有家人,就前去投奔他们吧。"

姬晋的声音细长柔和,在这瑟瑟北风中更显哀伤。

"亘生是太子的奴隶。"

身份卑微如他,却拥有一副好皮囊,双目深邃,鼻梁高耸地镶在脸部正中央,一头微卷的长发随意披散也不显脏乱。他一直记得小尹把他引进太子的宫室时,太子好奇地问:"你是乌孙人吗?"

小尹讨好地附和道:"太子这么一说,确实和宫里的胡巫有几分相似。"

亘生身为贱奴,地位卑微如蚁虫,却也看得出太子虽年幼但已初显王者之风,日常生活平和有序,对待奴仆从无肆意糟蹋,与内、外臣相处自有一套浑然天成的王者之道。

凌冽的寒风如刀刃般刺进每一寸肌肤,远处的雪山预示着他的命运，如果他坚持前行必定会被冻死。他掏出白色的玉璇玑。

老天子在藏书室，一双苍白的手将雪白的玉璇玑微微颤颤地递给李隐："此物精美绝伦，恍惚不可知，卿博学良善，必能解开玄妙之门。"

胡巫乌云肃穆地站在天子右侧，面无表情以显示他的权威和神秘。

太史寮里掌管祭祀的胡巫颇为神秘，平日独来独往，与同僚从无交流。周王室的胡巫起源于古公亶父，他们跟随历代周王搏杀战场，攻克商都，平定九州，为了保持血统的纯正，他们从不与外界通婚，是隐秘而尊贵的族群。

"此玉具神性，遇事，君自断。"

胡巫五官精致，一双碧眼深陷眉下，笔挺的鼻梁下方两片饱满的朱唇发出浓厚的男声。这是一种极具说服力的声音，简短几字就能让听者屈服于他的权威。

李隐不敢抬头看，拥有世袭官位的胡巫，超出了他对世界的理解范围。他记得刚到太史寮入职的头年，王城发生了一场瘟疫，虽未波及王室，但也死了不少贵族和国人，胡巫的领袖乌云在离王城不远的成周大郭举行祭祀大典。身为太史寮的官员，他也目睹了这个大场面。

几日后，这场可怕的瘟疫停止了扩散。

周王室对于胡巫的信任比之疆场上英勇杀敌的贵族更甚。乌云身为胡巫新任领袖，自知责任重大，从接管玉芯的那一天开始,他的神经就没松懈过。

继任典礼是一场盛大的仪式,天子作为人界最高领袖端坐在右方,表情庄重肃穆地注视着这场典礼。左方是上任胡巫首领,他手捧锦盒,身穿黑色礼服,背面是用金线绘制的昆仑山,帽檐的云层与胸前的山景遥相呼应。胸前挂着一幅赤火环绕太阳图,两只金色的三足乌口含黑蛇,似乎在安静地述说着这个神秘族群的历史。

礼毕,前任族长打开锦盒,口中念念有词。锦盒里羊脂般乳白的玉芯静静地等待着权力的转移,拇指大小的玉芯边缘呈暗红色,上面留有历任族长细微的鲜血。乌云记得成人礼的傍晚,他被族人抬到祠堂,祠堂呈圆顶,四周没有遮挡,一座拱形小桥是唯一连接外界的工具,平日里师长会在这里教授贵族之后天文、祭祀、堪舆等知识。昏迷前,他只记得祠堂已被清理干净,中间放置的圆形大桌移至别处,取而代之的是一尊金色的大火炉,烧得方圆几里都能看得到火光。

三个蒙面长老,着黑色及地长袍,中间的长老对着火炉大声喝道:"祁连之火,巫神之源,与吾族人,燃之不尽!"

旁边两位长老跟着重复:"与吾族人,燃之不尽!"

左边的长老从火炉里拔出一根烧得通红的菱形火钳,口中念念有词:"上古燧皇,九重通天,赠与神器,佑吾巫族。"

右边长老将水从金色的壶里倒出,浇在火钳上,发出"哧哧"的声音,口中念道:"大荒之丘,玉龙之源,镇山族石，三乌绕峰，万物尽有。"

醒来，乌云就成了族中的领袖，在他左胸的位置多了个菱形的印记。

一丈多宽的乡道上尘土飞扬，亘生牵着牛车在前边引路，姬晋盘腿而坐，左腿立着支撑握着竹简的手，整个人慵懒地靠着车柱。

"亘生，你腰间挂的是什么物件？"

落日的余晖照在他腰间来回动荡的物件上，折射出的光晃得姬晋看竹简的眼睛都睁不开。

亘生看了一眼腰上的石头，咧着嘴回："这块石头自出生便有了。"

姬晋放下竹简，若有所思地说："此物甚眼熟。"

"这种石头不足为奇，到处可见吧。"

亘生解开上衣的扣子散热，入秋的天气不应该这般炎热，不过，天子连最心爱的儿子都能逐出王宫，世间还有什么事能叫人惊讶！

周朝的奴隶无私有财产，从遮体的衣物、草鞋到使用的工具，都是主人所赐，即使像亘生这般幸运的奴隶，主人待他好，也不会拥有一件私有财产，哪怕只是块普通的石头。

周贵族八岁入小学，受教于王城郊外的明堂，先是学一些简单的数字、天干地支等常识，年龄大一点便开始学音乐、舞蹈，这是最关键的技能。身为上古统治者，祭祀是头等大事，每年诸侯朝贡时都要以宏大的舞蹈场面来宣示中央帝王的权威。十五岁以后，还要学习射御之术，成年冠礼后，正式学礼。

太子姬晋自幼聪慧过人，十二岁便能在大蒐礼前的凯旋仪式上演奏笙乐，庆祝军队得胜而归。然此时的周王朝已是王迹渐逝，天下失道，大蒐礼中的程序也被删减殆尽，但太子的表演仍是仪式中的保留节目。

亘生六岁跟随太子，从王城到泮宫学习，耳濡目染中也学到不少知识。

上古社会，知识还仅是贵族的专属，奴隶是难以接触祭祀等礼节的，一般来说，贵族的奴隶们离祭祀典礼最近的时候大概是他们要以身殉葬之时，但此时他们恐怕已无心情看这严谨的祭祀程序。

姬晋年十六，他的学习进程非常快，想提早学礼，天子不知是否可行，就在泮宫召见胡巫乌云。

乌云还是一副不苟言笑的脸，对周王恭敬但不卑微："待臣回去占卜，未得到神灵和先祖允诺，莫行。"

天子召来在侧室静候佳音的太子，一脸慈爱地说："你再等等吧。"

太子虽不悦，但一向待人温和的他只是皱了下眉头，先对乌云行礼："大人费心。"

乌云回礼道："诺。"

再对父亲行君臣礼以示告别。

亘生随太子走出泮宫，他总觉得这个首席大巫师看他的眼神很奇怪。大巫师面无表情，严肃得让人害怕，尤其是那一身黑袍，总感觉上面的乌鸦在盯着他看。他赶紧低下头紧跟太子的脚步。

回宫的马车上，姬晋对他说："你长得跟大胡巫可真像。"

亘生牵着缰绳的手抖了一下："他严肃得可怕。"

"师氏说胡巫掌管着天神与人界的沟通，我祖古公亶父就是因胡巫祖先的帮助得以强大，后来他们还替文王寻得太公望，对我周室功劳不可谓不大。"

太子一本正经地科普，可亘生还是嘀咕着："可怕……可怕……"

"太……主人，咱们这是去哪儿？"

亘生的疑问唤醒了陷入沉思的姬晋，他放下竹简，上面是一幅由许多线条构成的图画，册子的右上方写着三个大篆：九州图。

周王宗庙，姬晋在乌云的陪同下对祖先行简单的享礼，禀告列宗自己已被剥夺继承权，并逐出王宫。弟弟姬贵也在一旁观礼，他崇拜哥哥，故不想参与这场让人伤心的仪式，可天子为了警告他不要犯同样的错误，强行令他前往宗庙。

乌云依旧是面无表情，身着礼服，端坐西方，化身为"尸"。

姬晋跪坐东方，太史寮的高级巫官先献上七樽已烹饪好的羊、猪肉，用食器鼎装好送上祭台，再将肉取出放在俎上，然后陈设至食案。卜、祝依次献上三樽用长方形的簠器盛装的黍稷和三樽用圆形的簋食器装好的稻粱，四份用竹做的食器笾盛好的干物，如晒好的枣、果脯和栗子，最后献上六樽用食器豆装好的腌菜、肉酱汁。巫官用酒器罍盛满玉浆琼汁，并在旁边摆满饮酒器以备祭者享用。

乌云起身检查献祭物品，确认未越礼且符合少牢之礼，便回归原位。

时辰到，卜官宣唱："礼仪既备，钟鼓既戒。孝孙徂位，工祝致告。"

姬晋神情肃穆地念：

"我仓既盈，我庾维亿，以为酒食，以享先祖。"

"维羊维牛，维天其右之。"

"先祖是皇，神保是飨。"

"骏惠我文王，曾孙笃之。"

…………

年幼的姬贵耷拉着脑袋站在祭台旁边，眼含泪水地看着仪式，他知道这场仪式一结束，哥哥就要离开王城。

姬晋舍不得离开王城，尤其是那里的藏书殿，他仰慕先祖的伟绩，自幼便以复兴周王室为己任，压力大，夜里无法入眠，藏书殿便是最好的栖身之所。

"主人？"亘生眨巴着他那双墨绿的大眼睛。

"往西走。"姬晋指着九州图一角，尚稚嫩的圆脸上，神情坚毅。

王宫内，黑布遍布，治丧器物摆满各个角落。

东周天子姬泄心自太子晋死后，一直身体欠安，日日思念爱子，每日要靠定神丸才能入睡。

"上，太子的陵寝还未修缮完毕，司空来问，是否一切从简，在未竣工的陵寝上稍加修饰即可？"侍者手持竹册问。

"不行！太子的陵寝要按照天子的规格，若是时日紧迫，那就迎入寡人的陵寝！"天子倚着桌沿，左手握着笙，右手轻抚笙口，神情哀伤。

"诺。"侍者不安地转动着眼珠，弓着腰退了出去。

"吾儿……"天子苍老的脸上，泪水沿着皱纹曲线，缓缓地滚动着。

太史诰伯入内室，行过礼后，天子从床榻上起身，说："太史，寡人昨夜又梦见太子，他坐在花园的石凳上吹笙，身边围着一群白鹤，一眨眼的光景，白鹤变成黑色的大鸟，太子被它们抓走了。"天子喘着粗气说道，时不时拂袖擦拭额头上的汗珠。

太史微曲着身子，面无表情地听着。

"上，依古书上记载，鹤乃长寿、吉祥之物，太子被仙鹤所围，乃是吉兆。"

天子心稍宽，突然又睁大了眼睛："那后来白鹤变成了黑色的大鸟，又是何意？"

太史一时回答不上来，脸色渐白，却又不能在天子面前显露出无知，"这该如何是好？"在他不知所措之际，身后的小吏回答道："回上，黑色大鸟乃是太阳神鸟，是帝俊与羲和之子十日,即太阳神之子,亦是吉兆。"

诰伯松了一口气,回头想看看这个帮自己解围的人是谁。

"噢,寡人怎么从来没听过?"天子双目无神,左手托着腮帮。

藏书室小吏望向太史,诰伯示意他继续说下去。

"古书《九丘》所载,三足乌又称金乌,乃是黑色的大鸟,居于日中,有三足,'汤谷上有扶木,一日方至,一日方出,皆载于乌','汤谷上有扶桑,十日所浴,在黑齿北。居水中,有大木,九日居下枝,一日居上枝',皆可证上所梦之物就是金乌。"

"这么说,吾儿随太阳神之子而去了?"天子双目泛着光,音调随着情绪有了起伏。

"这……"李隐不知如何作答。太史抢先说道:"回上,太子已升入天界,化而为仙了。"

天子脸上露出欢喜神色,不一会儿,又陷入哀伤:"吾儿抛下寡人成仙去了,天地有别、仙人有界,如何得见哪!"

众人退下,太史诰伯赞许地看着李隐:"后生之聪慧、渊博,乃我周之幸也。"

王城外一处简陋屋舍,青年男子跪坐在放着一堆简牍的书桌旁,专注地看着一片残旧的木简,他看得出神,用手指着简上的古字,生怕漏掉重要的信息。他拿起毛笔,将木简上的内容抄下,口中还念念有词。

不知何时，一个身着白色官服的人出现在门外。

"李隐，天子召你入宫，不必着官服。"

他抬头看来人，微弱的油灯照着模糊的人脸，来人是太史寮的同事，他站起身来行礼："天子为何派卿来舍下？"

"李卿居所难寻，若遣他人，恐无处寻觅啊。"来人回礼道。

二人并排走出屋舍，上了轺车。骏马色泽黑亮，四肢粗壮有力，不停地喘着粗气，前蹄用力地原地踏步，发出"嘶、嘶"的叫声。

一辆轺车快速地在宁静的街道上飞驰而过，路边的尘土顺着车轮的转动飞扬而起，留下一片模糊的街景。

王城宫殿，四面共有三门，南面围门，北面乾祭门。他们由北面的城门进入王城，守卫早已将右侧的偏门打开。

王宫坐落在中央大道上，西边有宗庙祖堂，东面是神坛社稷。宫殿后面是商贸市场，日间车水马龙，商人们在各自的摊位进行商品交易。李隐平日无事常流连于贩卖古物的商铺，与这里的商人都相熟，他们也乐于将宝物卖给在王室供职的识货人。

"上，臣将李卿带到。"

天子愈发苍老，他神情呆滞，手上依然握着爱子的笙。他回过神来，重重地眨了下眼睛："嗯。"

"听太史寮的人说你读的书最多。"他气若游丝。

"太史让臣任守藏室之吏，嘱臣可尽阅藏室之书，以继周室之史。"天子寝宫的灯光比起李舍要亮堂许多，宫殿内摆满四方诸侯进献的贡品，有珍稀动物的皮毛，黄金打造的匕首、刀剑、器皿，形状各异的铜器。

"李卿莫自谦，诰伯说你有'通世'之才，想必知晓不少世间绝学，寡人不惧生死，也自知时日将至，本安心待先祖召唤，可……可那个梦，绕得寡人忧心不已，依卿之见，先太子的魂魄是否已回到我周祖先之地？"天子用绝望的眼神述说着担忧。

李隐熟知周室的官僚制度，通晓鬼神之事乃小宗伯之职，昨日贸然为太史解围已是越界。

"上是否已让太史寮占卜过？"

"这几日寡人总是梦见先太子的魂魄在这大殿中游荡，太史寮那帮庸才请来胡巫说是有不净之物混入王宫，胡巫之术扰得寡人更加心烦。若是先太子的魂魄不安，想与寡人诉说，岂不是被他们惊扰了？"天子伸出苍白的双手重重地敲打着太阳穴，"太史寮如今已无似卿这般通晓古礼之人，寡人怕那帮庸才不知礼节，触怒先祖，累及先太子啊。"

"臣下不通巫术，但也曾见识过胡巫法力之高深。我周之初，已有胡巫协助先祖之史。"

天子的眼里突然出现一道光，他擦拭额头的汗珠，双手扶着桌沿，缓慢起身："卿可知我上祖穆王西游之史？"

李隐抬起头，看着天子，说："臣略知，但书中只有寥寥数字记载，但臣听闻在秦、晋之地，关于穆王西游之记载颇多。"

"寡人也是听年老的师氏提起过，说是在昆仑山上有神迹,上通天下知地。"他激动得语速有些快,一口气没接上,喘了起来,"咳,山上的植物熬成汤药,能让人起死回生、长生不老。"

"这……臣只知道在昆仑山之北,有这么一个传说中的神地,上古之黄帝靠着天神赠予的神器统一了中原各部。"他仔细回想着书中的内容。

病入膏肓的天子伸出藏在衣袖中的手,枯槁的手中紧握着一卷金帛:"卿可否一看。"

李隐恭敬地用双手接过金帛,他双膝跪地,将金帛铺在矮桌上,借着微弱的油光,金帛上的图案渐渐显现,这是一幅偏于西域,远离中原的地图。图中的线条蜿蜒曲折,并精确标明九州各部所在及山川河流的分布,其中有一条用粗红色实线标明的路线格外引人注意,因为它直指一座拥有众多传说的神山:昆仑山。

"回上,这图和《九丘》里的相差无几,只是……"他的身子离矮桌越来越近,"只是多了几处臣从未见过的地方。"

"卿以为我先祖穆王为何舟车劳顿,四处远征?"

"依臣之拙见,穆王游历天下目的有二:其一,西方各部荒蛮之地,天子西游,远播我大周之威,减免战祸;其二,臣听闻穆王好远游,天下既定,天子有欲游天下之心也合情理。"

"先祖英明神武,可毕竟是食五谷的血肉之躯。远游路途之远,纵使有八骏护驾,也是非常人所不能至。决不仅是卿所提及的目的。"

"我上祖黄帝之神功，远非书中所著。传闻黄帝乃神界与凡界结合所出，所以弱而能言，身形非凡人所能比。"他停顿了一下，接着说，"上祖身边的文官武将有不少乃仙界所输，相传就是风后、力牧持神器辅佐黄帝成为天下之主的。"

李隐低着头，一脸的迷惑和不解。

"今之天下，王道渐弱，寡人这个天子与宗庙里那些牌位无甚差别，卿以为何故？"

李隐眉头一抬，望向瘫坐在环形矮椅上的天子，道："臣不敢妄议天下之事。"

"三公之辈，还活在周天下的假象之中，依靠着先祖们的荣耀，沾沾自喜。朝堂之上，尽是些妄谈，卿只管畅言。"

"臣以为我朝之初所建立的分封诸侯制，才是一切祸端的根源。"他如实回答。

老天子猛地坐起身来，他看着这个身材矮小的年轻人，点点头，示意他继续说下去。

"然周初之分封制，意在维稳疆土，诸侯王对天子恭敬畏惧；奈周室天下历经百年，血脉疏远、宗亲难认，黔首只知封国君主。反观诸侯各国，国力强盛，君威浩荡。长此以往，王道渐弱，人心分离，天子威严荡然无存。"

"卿以为如何恢复我周之威风？"

"臣愚昧。"

"寡人倒是听说有一人或许有此能力……"天子左顾右盼,"自从先太子死后,夜里总是会出现一些奇奇怪怪的梦,似真似假,寡人也分不清……"

他清了清嗓子,继续说道:"直到那日,卿的一番说辞,才让寡人顿悟,那些梦并不是虚幻的,或许我周之上祖真有箴言要对寡人传授!"老天子激动地说,他的手颤动得厉害,身子抖动得快要跌出座椅。

李隐半跪着前去搀扶他,一时间也不知如何对答,"看来天子是真的疯了。"

"卿不会以为寡人说的是疯言吧?"老天子低头看着他,眼神时而暗淡时而发亮,一副时日无多之象。

他抬头,恭敬地望着天子,问:"上可否告知,梦里所现?"

天子闭着眼睛,深深吸了一口气,伴着文字缓缓地轻吐:"除了先太子,寡人还梦见一座大殿,一座比王宫还大的金殿,"他用手比画着,"大殿上站着一个人,一个极高的男人,他双目深且大,鼻子高挺,黄金饰品环绕在长袍上,耀眼得都不能使人直视,即使是在梦里,寡人也还从未做过如此真实的梦,"天子小声嘀咕道,"像是真实发生过一样。他直呼寡人的姓名,说起周之历代国君,语气严厉,他说:'尔辈无能,致使天下大乱、诸侯并起,生灵涂炭!'后来说了些什么,寡人记不清了,只记得他提到了一个地方,说那里有平定天下之神器……"使劲地回想细节令天子头痛欲裂,"命寡人去取。"

天子看着满脸惊讶的年轻人，无奈地叹了口气，说："唉，寡人一把年纪，近年来，邪气入内腑，怕是无法担负此重任，大臣们都认为寡人是邪气入脑，说的尽是痴言诳语。"他两眼怔怔地看着李隐。李隐听到这里，也大概知道其中的意思了。

沉默了一阵，老天子拿起金帛，悠悠地说："卿年轻且博学，比起我辈族人后生，卿之为人品行更让寡人放心。"天子突然弯下腰，直视他，语气沉重地说，"寡人信不过朝中的三公大臣，有人在暗处想断我周之命脉。"

他吃力地往座椅中躺，抚着笙身，气若游丝地说："先太子聪慧过人，有为王之道，却早早仙逝，这其中有不为人知的阴谋哪！"一个激动，一股暖流从喉咙里冲了上来，鲜红的血液洒在洁白的笙上，老天子颤颤巍巍地用长袖试图抹去爱子笙上的秽物。

李隐从自己身上掏出一块布，小心翼翼地接过笙，仔细地擦拭着。

宫门"嘎"的一声打开了，宫人踱着步子走进来："上，服药的时辰到了。"

老天子虚弱地眨了一下眼，将放在矮桌上的金帛扔给李隐，说："卿回去吧。"

走出宫门，他才敢掏出天子临走时扔给他的金帛，就着微弱的宫灯，他才发现卷着的金帛里多了两张小一点的帛纸，上面密密麻麻地排列着一些字，他环顾四周，确定无人后才将金帛裹好，加快脚步走向马厩……

第二章
CHAPTER 2

入秋，待业青年杨穆照旧一无所获地从招聘会回到出租的小屋，手上拎着在小摊上买的晚餐：凉面加一个素菜包子，面无表情地走在破旧的小巷子中。

身材高大的他看上去有些消瘦，好在大学时期练就了一副好身板，不然这种精神和肉体的双重打击早就将他击垮了。他顺着巷子的小道左拐，进入一条稍大一点的街道，快走到楼下时，他伸手从裤袋里掏出一把银色的钥匙，提着晚餐的左手顺便推了推快滑到鼻翼的眼镜，"奇了怪，难不成饿得头都小了？"他嘟囔道。

楼道口，一个女子身着运动装，戴着鸭舌帽，身材细长。她将帽檐压得很低，一头秀发自然地垂到后背。她左手拿着手机，手指不停地滑动，像是在阅读随时更新的新闻。

这一切杨穆当然看到了，但他不会在意，专心走自己的路，正上楼，女子将帽子往上推，露出姣好的面容，微笑道："你是杨穆？"

他侧着头打量她，疑惑地点了点头。

"你好，我叫 Krys，是从美国来的留学生，现在就在大学研究院读书。"她笑着介绍道，一口雪白的牙齿在红唇的映衬下，显得晶莹剔透。

面对这种拥有姣好面容和修长身材的女子，正常男人八成会欣喜若狂地热情回应，可落魄如他，已全无这种兴致，他木讷地回："哦，有什么事吗？"

她显然是对他的冷漠感到不解，拥有几乎完美外形和不凡谈吐的她在异性的世界里总是无往不利，不管是在夜店还是学校的图书馆，前来搭讪的男子让她应接不暇。

"呃，"她有些吃惊，"是这样的，我在历史杂志上看到过你的一篇关于青铜器与神话的文章，让我对青铜器有了兴趣，所以从学校找到了你的联系方式。"

"青铜器？历史杂志？"他有些反应不过来。

"大概是两年前，你有一篇关于青铜器符号的猜想，分析古蜀国的起源和消失……"她语速极快。

"我记得你说过你是留学生，怎么中文这么溜？"太阳正下山，橙色的阳光打在她雪白的脸上，是任何男人看了都会心动的模样。

她微笑的脸上出现了一点抽搐，很快，她恢复了自然："哦，我父母是华人，在家都说中文，对中文也是有不错的掌握的。"这种典型的语法错误恰好说明了她的身份。

"你有空吗？我想和你聊聊青铜器。"她单刀直入。

"文化、宗教、青铜器、太阳神，懂这些又有什么用！能带来一日三餐的温饱吗？生活不需要这些，我现在也不需要这些。"他语速缓慢、低沉而平静，生活的挫折早已把他的不可一世打磨得光滑平整。

她不知该如何应答,今天遇到的人和平常太不一样,通常男人在自己提出条件时的反应都是积极的,包括大学的教授。"难道他对女人没兴趣?"她安慰自己。

"我……我可以付费。"她吃惊于自己的回答,"付费?我怎么会在面对一个男性时说出这种话",她心想。

"付费?"他自嘲地笑着说,不过这种傲气很快熄灭了,眼睛一亮地盯着她看。

眼前的女子还真的是堪称完美,睫毛轻微地向上卷着,白皙的皮肤在落日的余晖下,像打了苹果肌一样,粉红、水嫩,即使是普通的休闲运动服也无法掩盖完美的身形。

她太熟悉这样的眼神了,通常男人打第一眼见到她就无法移开他们的视线,她嘴角情不自禁地微微上扬。

短暂的沉默后,杨穆"咳"的一声,清清嗓子:"你一个留学生为了研究我的文章,竟然提出付费这样的条件,你是土豪吗?"

他语速不快,以她的中文水平也能察觉到这事有戏:"土豪?"

"算了吧,你要问什么就问吧,我也可以给你开个书单,如果你愿意的话。"

"我们就在这路边谈吗?"

天色渐晚,街道旁的路灯一个一个地亮了起来。

他想邀请她去自己的出租屋,但简陋的小房间实在有些狼狈,去外面的咖啡厅他又无力消费,他脑子里盘算着这个月的各类支出。

"和女孩子出门总不能要她们付钱吧。"他有些心酸,"唉,我是如何走到今天这个地步的!"

"你住在这栋楼吗?不如我们就去你住的地方谈吧,外面的地方太吵了。"她全然不知他的窘境,兴奋地打量着周围的环境。

"那……好吧。"他将钥匙插入锁孔,绅士地请女士先进,现在也只有表达礼貌是免费的了,他心里的一口气往下沉。

楼道的灯随着人的脚步声亮了起来,两旁的墙壁破损严重,成片成片地脱落。他有些尴尬,这个时候他倒希望楼道没有灯光。

"这栋楼有些时日了,挺旧的。"他试图用聊天来消除自己的自卑感。

她却没想这么多,反而对陌生的环境产生了兴趣:"我特别喜欢老旧的东西,在家,我特别喜欢在跳蚤市场买一些有故事的旧东西,或者是去别人家的后院买他们不要的物品。"

"yard sale 吗?"他问。

"对!"她兴奋得叫出声来,"你英文不错嘛。"

他原本英文不好,读本科时,学院来了一位从剑桥回来的年轻教授,她对杨穆说,读历史更加需要语言的帮助,这对研究人类历史发展有着举足轻重的作用,即便是读中国历史也是一样,国外有许多中国历史研究者的著作也是值得一读的，能读原版为何要读译本呢？

"读本科的时候，选修了英国古典文学，英文才算真正开窍。"他如实回答。

"开窍？"她停下脚步，在脑中搜寻这个词。

"翻译成英文应该是 enlighten。"他贴心地说。

"哦，"她点点头，"开窍，这个词好……"

杨穆家在五楼，这是由一个单间隔成几间小房的出租屋，俗称"劏房"，房东把单间隔成多个房间来出租，虽然违法，但因为房租便宜，房客也乐得减轻负担不会去举报。

打开房门，一眼见底，屋里只有几件基本的家具：一个多功能的电脑桌、一米二的单人床外加一个帆布做的衣柜，里面最多的不是衣服而是"破铜烂铁"——书。

"请进吧。"他低着头，声音极小。

她好奇地四处望，笑着说："和我的宿舍太像了！"

她撒谎了，原本住在学校宿舍，因为不习惯，换成了校外两室一厅的高档公寓。

他进屋将手中的晚餐放在电脑桌上，轻轻地往墙角一推，试图将它掩埋在书堆里。

"坐吧。"说完，他脸色变得有些不自然，屋内唯一的一把椅子也放满书籍，他卷起衣袖，准备把书搬开。

"我们坐床吧。"她爽快地一屁股坐下。

他脸红了，还没有哪个女孩一上来就说坐床上的。

"哦，好吧。"他直起腰，走了过去。

她看到椅子上的一本厚书，好奇地站起身，准备伸手，却停了一下，转头问道："我可以看看吗？"

"嗯。"他倒有些拘谨，缓缓坐下。

她专注地看着厚厚的《山海经》，时不时用手捋着垂下的头发，一张油画般精致的面孔，让仅仅是看书这样的平常举动都变得如画报般迷人。

"儒学和道学，你更偏向哪个？"她突然问道。

他笑了一声，说："儒家在中国影响深远，可毕竟没有成为像道家那种宗教式的信仰，你若问老子和孔子，我更偏向谁的学说，我倒是可以告诉你。"

她怔怔地望向他，双手托腮："我猜……你大概更喜欢孔子吧。"

他抿着嘴，左手摸了下眉毛："对了一半吧。"他斜着脑袋，顺着她的方向打量自己的小屋，一拍脑袋："哈，'一箪食，一瓢饮，在陋巷'，你觉得我在自比孔子的爱徒颜回吗？"他自嘲道，"人家是'人不堪其忧，回也不改其乐'，我却是'不堪其忧，全无乐趣'，哪有颜回的境界？"

"我只是看你房间里，大部分的书都是关于孔子的。"她指着墙角一堆杂乱放着的"心灵鸡汤"似的书本。

他"哦"了一声，随后为自己的敏感干笑了几声，想以此掩盖尴尬。

"不过，"她全然没发觉他的刻意，她指着墙的一角，自然地说，"大部分的中国人还是将儒家思想作为日常处事的标准，不然也不会出这么多关于儒家的书来迎合市场需求。"

"儒家思想比较适合统治者治理天下，当然根深蒂固。"他随口说道，"道家那套顺应自然，回到原始的社会状态毕竟还是无法和社会发展相契合，毕竟都是要上班的。"

他走到饮水机旁，将烧开的水倒入茶杯中。不一会儿，龙井的清香飘满房间，滋生出一种让人愉悦的氛围。他将茶杯递给她。

"谢谢。"她接下茶杯，雾气随着杯子的移动而四处散开，她重重地眨了下眼睛。

"老子常讲的'道'，到底是什么？"

"我觉得'道'这个字在经过千百年，假于他人之口的演化之后，已经比本意还要深远了。人在生存环境与社会生存法则周旋的过程中难免会有自己的一套方式、方法，古人生存没有我们现代人那么多的辅助工具，对自然环境比起居住在高楼的我们要敏感得多，'道'直白一点说大意可以归类于自然规律、法则，是冥冥中一股不受任何事物干扰、独立运转的力量吧。"

"人是通过什么渠道去感知'道'？"

高档住宅的 80 平方米商品房

面容精致的长发女子背着 PUMA 双肩包，左手抱着一台 MacBook 手提电脑，右手提着装满食物的"Green Peace"环保袋。电梯门在 10 楼停下，她心事重重、快步走出电梯。一拐弯，她用拇指扫了一下门把，盖子"吱"地向上移动，她快速地输入数字。

走进去，门像吸铁石一下关上。她把背包随意地扔在白色的沙发里，电脑轻轻地放在铝制茶几上，从环保袋中拿出罐装咖啡，一个三明治。

"你在这多久了？"她淡淡地说。

一个黑影从电视柜旁边的房间飘出来，笑了几声："不错不错，看来詹姆士把你训练得很好！"他缓缓走到客厅，拿起一罐咖啡打开来："说正经的，你怎么知道我在这儿？"

她哼了一声："当我看到拨码盘上的指纹时，我就明白了。下次请提前告诉我，而不是偷偷溜进我的公寓。"

黑影尴尬地笑了笑："你还在生我的气？"

"为什么要把我拖到这该死的任务中，还是说这是你抛弃我的方式？"她不屑地说道。

他喝了一口手中的饮料，夸张地做着鬼脸："老天，太难喝了。"他放下罐子："宝贝，不要指责我，我们共度了许多愉快的时光。"

"快跳过这无聊的谈话，你新带来了什么信息？"她冷冷地说。

"真上道，我喜欢！"他懒散地坐在沙发上，跷着二郎腿："坐，放松点。"他拍拍布制的沙发，轻浮地说："你太美了！"他咧嘴笑道："像往日那般。"

"别费那功夫了。"她双手抱胸，冷眼俯视这个金发碧眼，身材如模特般帅气的男子。

"唉，看来你真忘了我。"他摊开双手，耸着肩，看似毫不在乎地说，"你的新欢是谁？我猜是个走学院风的人。"

"他是整个事情的关键人物。怎么，竟然干涉起我的私生活了？"她情绪有些起伏，但是马上又平静下来，"你此行目的是什么？詹姆士让你带来了什么指示？"

"新任务！"他突然坐正，严肃地说，"你和你的剑桥小男友要去四川的某个城市！"

"为什么你们有把握他会和我去那个城市？"她觉得这个提议有些不可思议，虽然她有信心驾驭任何男人。

他站起身，足足有六英尺高，身材壮硕结实，手顺着她的头发一直到脖子、锁骨，眯着眼睛："老天，我忘了你有多性感！"

她无法抗拒他的魅力，几秒钟后，两人纠缠在一起。

夜越来越深。

大学图书馆门前的草坪

杨穆身穿运动服，背着大学时期的双肩包，一路小跑向草坪上的长椅。

Krys 依旧一副休闲打扮，只不过今天她显得有些憔悴。

他打招呼："Hi。"

她两眼无神，勉强地对他笑道："Hi，你剪头发了？"

他咧嘴一笑，露出一口整齐的白牙，语调轻松地回答："我找到工作了，一家外企的总裁秘书。"

她僵硬地微笑道："哦，恭喜你。"

"你怎么了？昨晚没睡好吗？"他关心地问，双肩包被他放在长椅上，右手顺势拍了她肩膀一下，"你这么急约我有什么事吗？"

她摸了摸鼻子，挤出一丝笑容，说："我的论文遇到了瓶颈，导师向我提了一个建议，但是我恐怕一个人无法做到。"

"需要我和导师沟通吗？"

"不，Professor Zhang 建议我去实地考察。"

"去哪儿？"

"四川。"

他的几个大学好友在四川省考古所工作，本来他毕业后也是要去的，家庭变故让他无力再去做薪水低微的理想工作。

"我有几个好友在四川考古机构工作，如果你要去，我会和他们打声招呼。"

她两眼无神地望向草坪的不远处，几个学生在操场上轻松地投篮，年轻的脸上挂满了无忧无虑、快乐。

"你可以和我一起去吗？"她低着头，许久才说出这么一句话。或许是觉得这个提议有些冒昧。

他沉默了，轻轻地吐着气，看得出他内心的挣扎。经济上的压力让他不得不变得现实，虽然父亲说过债务问题无需他承担，身为家中唯一的儿子却无法无视这份责任。

"其实，"她转头看着他，"我对你撒谎了。"接着补充道，"至少在为什么要做这个研究的目的上，我没有完全诚实。"

"你不是为了毕业论文才要去实地考察的吗？"他问道。

"其中一个原因吧。"她从放在旁边的背包里拿出一份文件夹，"这是另一个原因。"

他疑惑地看着她，双手接过绿色的文件夹。翻过几页之后，面部表情开始发生变化，嘴里嘟囔着文件夹上的文字：

"According to the story of Mr.Zhao, we had discovered the fact that some people do have supernatural power（immortal）in somewhere south of China, which called Zhen Ren of Dao……"

他停了下来，望向她，压低声音问："你来中国就是为了这个？"

她嘴角略微上扬："你不相信有'Zhen Ren'存在于中国？"

"中国自古就有这类传说，我无法在这件事的真伪上做出任何结论。"

"你真应该去做一个律师而不是需要想象能力的历史学家。"

她对他的较真感到有些恼火："既然你无法做出评价，为什么不和我一起去探索真相呢？"

Space未来公司拥有诸如人工智能、石油、航空设备等经营项目，CEO詹姆士是二代华人，毕业于南加州大学计算机人工智能科系。从爷爷辈起，家里就以经营珠宝为生。

毕业后，詹姆士独自一人来到纽约，用家族提供的第一笔资金成立了 Space 未来科技有限公司。詹姆士是一个生活规律、小心谨慎的中年人，和其他自小生活在美国的华裔不同，他遵循近乎苛刻的时间表来安排日常生活：

5 点 15 分起床；

5 点 23 分喝第一杯温水；

6 点钟吃早餐；

6 点 30 分到 7 点 30 分慢跑，洗漱完毕再步行去公司上班。

…………

七月的纽约雨水充足，街道上总是湿答答的，年轻人在雨水间嬉闹、奔跑，一个身材健硕的中年人打着伞，迈着轻快的步子穿过街道，走进一栋有些老旧的建筑大楼。

门口站着一个学院风穿着的年轻人，他看到中年人，迎了上去："詹姆士先生，您真准时。"

詹姆士礼貌地伸出右手，面带微笑："你好。"

"老师身体还好吗？"詹姆士问道。

年轻人点头回答："他还是坚持练习功夫，身体非常好。"电梯门打开，一位身穿长衫的老者，双手交叉放着，面容柔和、安详。

"非常抱歉，让你在上班时间过来，我的学生。"他洪亮的声音显示出超越年龄的健康。

詹姆士马上弯下腰鞠躬，说："老师好。"他拉起老师的手，亲吻道："老师有任何事情都可以随时找我。"

二人并肩走过一条长长的走廊，詹姆士为了迁就老人的身高，略微弓着背，问："老师是什么时候来纽约的？"

老人缓缓地说："你一定会对我这趟旅行的收获感兴趣的……"

加州，是詹姆士的老家，他只有每年中国农历新年才会回家陪父母，这次匆忙回来是为了参加叔叔的葬礼。叔叔是大学教授，在大学里教授中国古代史，终身未婚，对詹姆士视如己出。听到这个噩耗是在和老师会面的三天后，他急匆匆地订了机票，还未来得及处理老师的事，他为此感到抱歉。

詹姆士从电话中传来沙哑的声音："老师，我得回家参加叔叔的葬礼，等我回来。"

叔叔位于加州的房子是一座古朴的二层建筑，一楼的客厅不大，几件红木家具和一个明清风格的桌子，詹姆士哀伤地整理叔叔的遗物，看着已经氧化的书本，想起小时候叔叔给他讲的中国古代神话故事。

父亲从二楼下来，看着哀伤的儿子。父亲放下装满旧物的箱子，拍了拍儿子的肩膀，说："不要太伤心了，他没受多少痛苦。"

癌症并没有折磨他多久，一个月他就撒手人寰了。

父亲抱起箱子，准备往屋外走去，突然停下来，像是想起什么，对詹姆士说："对了，他留给你一个箱子，就在二楼的卧房,你以前的房间。"

　　小时候每个月,小詹姆士都会来这里小住几天,叔叔就将一个客房改为他的房间,后来他离家去上大学、工作,这个房间也一直维持原来的样子。

　　他看着楼梯上的旧照片,心情更加沉重,现在拥有了财富和权力,可依旧留不住爱他的人。

　　他打开房门,小时候的玩具、书本整齐地放在床的两侧,窗户上的贴纸因为年代久远而卷起了边,书柜一角摆放的棒球棍也因为掉色而看不出原本的图案。他记得八年级的时候迷上了棒球,叔叔开着车带他参加棒球夏令营……

　　箱子就放在他睡过的床上,不大,木头制品,上面有着中国风的雕花,在箱子的正面用墨水写着:我最爱的侄儿。他小心地掀开箱子,里面放着几本书,书页间插放着一些手写的资料,几张泛黄的纸折叠整齐地放在书的旁边。

　　他也没多看,就抱着箱子走下了楼。

　　凌晨三点,詹姆士从噩梦中醒来,他有些头痛,喝了一口放在床头柜的水,他习惯放杯水在身边。他走到窗户边,望着马路对面的公园。周末或假期叔叔经常带他到公园的沙地,玩寻宝之类的游戏,每次都会有奖品,有些是从跳蚤市场淘的一些旧玩具,有些是晦涩难懂的专业书籍。

　　小詹姆士最喜欢的还是去街角的冰激凌店点上一杯草莓味的圣代,晚上听叔叔讲中国古老的神话故事。

　　他想起叔叔留给他的那个箱子,"说不定里面还有奖品呢",想到这儿,他不由得会心一笑。打开箱子,他拿起放在最里面的一封手写信，读了起来：

亲爱的侄儿詹姆士：

最近我觉得自己老了，下楼吃个早餐也十分费劲，乔治总笑我已经是个老头，看来你说的要送我一个轮椅代步的笑话成真了。时间过得太快，现在我时常会想起你高中毕业，为选择哈佛历史系还是商学院而烦恼。你头脑聪明，用你父亲的话说选择历史实在是有些浪费，为这个，我和你父亲还大吵一架，以至于我们有整整十年没有好好说话，现在想来大可不必，因为你现在的事业做得很大，说明你父亲的判断是对的。

一年前，你告诉我公司已经开始了生物医药领域的业务，我真的为你的成功感到自豪，我的侄儿。虽然在科技领域我这个老头给不了你帮助，但是现在，我想我能告诉你一些我所知道的事情……

詹姆士的呼吸越来越紧促，心跳加快，拿着信纸的手也开始颤抖起来，一口气读完叔叔的信后，他瘫坐在床边，气喘吁吁地说："我的老天。"

他想起七个月前的一通电话，是叔叔打来的，当时他在处理一件公司的法律纠纷，忙得焦头烂额，只留了一条语音短信："亲爱的叔叔，我现在很忙，很快会联系您。"当然，他很快就忘了这件事。身为公司的 CEO，事情总是像滚雪球一样地来，直到雪崩的那一刻，才会有零星的记忆。

一个月后，詹姆士回到了纽约，他在电话里安排了一次会面。在经历过叔叔过世等一系列的事情后，他对公司业务未来的重心做了调整：医药，但股东未必认同他的决定，经过对过去医药行业的分析及对未来的预测，他们与詹姆士在电话会议里吵得不可开交。

"愚蠢！"

在一次电话会议后，他愤怒地按掉电脑屏幕上的通话。叔叔的去世对他的打击太大，但当他发现叔叔留给他的资料后，所有的悲伤都化作对未来的幻想，他有财力和动力去做常人所不能做的事情，这些都让他兴奋，也有些后悔。

"如果早点得到这些讯息，也许……"他常常这样想。

"老板，赵先生到了。"

秘书打断了站在落地窗户前沉思的詹姆士，他回过头说："请他去我的私人会客室。"

Space公司的主营项目早在五年前就遇到了瓶颈，科技的发展比他预计的还要快，在人工智能这个领域，他们已非业界第一。他为了让公司能继续生存下去，三年前开始涉足盈利颇丰的旅游业务，他将目光瞄准了中国的四川，那里有最美的原生态自然风光，当然也少不了神话传说。

他组织了专家团队赴川考察，赵先生便是其中一位学者。

"你怎么也不会想到我们发现了什么，等我回来详聊。"

他想起半个月前赵先生的留言，他的语气充满兴奋而又神秘。

会客室的门开了，走进来的却不是头发花白的赵先生。

"林先生。"来人是一个三十来岁的中年男子，他体形微胖，脸上的胡楂因为匆忙而稀稀拉拉地四处散落。

"老师呢？"他有些恼怒。

来人面露难色，低着头说："赵先生因为私人事务没有回来，他带了口信给您。"

他一屁股坐进质地精良的布艺沙发，跷起二郎腿："老师在电话里的态度可是很积极的。"

"他对这件事确实是非常重视，所以先派我回国跟您详细汇报。"

"坐吧。"他对来人点头，态度有了轻微的改变。

"不过事情有了点小麻烦。"他紧张地搓着手，不停地舔着嘴唇。

詹姆士放下跷起的脚，端起茶杯，吹着热气："什么麻烦？"

"当地的馆长不太合作。"

他摸着下巴，拿起桌子上放着的一堆资料，随意地翻看。上面都是人事部门为他挑选的秘书人选。

他在一个年轻女子档案处停留下来，仔细地一条一条地查看这个女人的简历。

他念出她的名字，嘴角微微上扬："我知道了，你告诉他，接下来的事我会安排。"他将资料往茶几上一扔，站起

第二章　　35

来拿起办公桌上的电话:"我需要见人事部主管。"

"詹姆士,我们非常感谢你这几年为公司做的一切,"圆桌上坐着十几个西装革履的男士,其中一个看上去年老一些的人率先说,"但是,你在这个'钥匙计划'中耗费了太多金钱和时间,把公司从别的项目赚的资金投入到这样一个无底洞已经几年了,我们连一份书面资料都没看到。"

股东们开始小声地附和,他们看上去对他积怨颇深,但又不敢当面说出来。

詹姆士依旧冷静地转着手上的笔,这是他多年的习惯,他看着率先发问的老人,平静地说:"Peter,我一向很尊敬你,我还很年轻,很多事情都需要你的指导。"

他环视坐在圆桌旁的人:"公司的运营早在几年前就出现问题,如果不积极开拓别的业务,恐怕在座的各位难以负担以往的奢侈生活。"

"为什么不投资人体科技?我听说这个在未来是非常有潜力的……"

"还有游戏开发也是个非常火热的行业……"

股东们开始了天马行空的投资探讨,詹姆士微笑着看着脸色开始发青的 Peter,这个笑容像是在告诉他公司到底充斥着多少拿着巨额工资,不干正事,头脑还蠢得可笑的寄生虫。

"好了!"Peter 大声制止嘈杂得像集市一样的声音:"现在不是在做战略规划,我们今天要讨论的是詹姆士在中国的投资。"

会后，Peter单独留下詹姆士，他要了一杯苏格兰威士忌，不加冰。

詹姆士搅动自己杯子里的柠檬苏打冰块，静待着他的发难。

"你知道我一直很赏识你，从你拿着那份投资计划的报告书进我办公室大门的那一刻，我就知道你很有能力。"Peter个子很高，身体瘦弱。

"Peter，你知道我做事从来都不可能没有理由，当年抽身航空业务你们也是不理解，但是后来的结果如何。"

他喝了一口苏打水："'钥匙计划'是我最重视的业务，这件事太重要了，知道的人越少越好，我现在花的钱在未来一定会让公司成为世界一流的企业，Peter，我需要你的支持。"他眼神坚定地注视着老人，那是一种任谁看了都会对他的话买单的自信和诚恳。

詹姆士从小就会用各种手段去达到自己的目的，可以把这种能力称作领袖力或王道。

年迈的Peter蹒跚地走出会议室。詹姆士拿起电话："给我把那个女孩叫来！快！"

　　　　纽约，詹姆士的公寓

复古的中式家具，环形的走廊，散发着檀香的气味，让置身国际大都市的人有种时空穿梭的感觉。

詹姆士坐在明清风格的椅子上翻看叔叔留给他的书籍。门铃响了,他的秘书领着一个年轻漂亮的女孩走了进来。

他合上书,仰着头打量这个经过重重筛选的女孩,他的眼神像是一台扫描机,精准而犀利:"或许你还不了解自己的工作。"

女孩露出自信的笑容回答:"我相信能完成您交给的任务。"

"但是,"他站起来,高出她半个脑袋,"你和西恩的关系……"

西恩是詹姆士的得力干将,专门负责与各种势力打交道,台面上来说,西恩并不属于这个公司。

女孩的表情变得有些僵硬,但很快就恢复了刚才的自然:"我和西恩已经分手很久了,您放心,我不是那种为了爱情要生要死的人。"

"好!"他大笑着走过去,伸出手,"欢迎你。"

电话那头传来一个苍老的声音,他不停地咳嗽,听着很费力:"那个女孩很能干……但……但是,你不觉得她太漂亮了吗?"

詹姆士笑了两声:"没有哪个男人会拒绝漂亮的女人,我看中的是她的专业能力,那个馆长还是不肯交出东西吗?"

电话那头发出一声叹息:"唉,他太顽固了,以前在基地就是一个榆木脑袋。"

"我们的时间不多了,没工夫和他磨,是时候让我的人出手了。"

对方沉默了很久,才吐出一句:"没有回头路了。"

四川成都双流国际机场

下了飞机,杨穆还是有点无法相信自己竟然会来到广汉,不惜为此白白推掉一份不错的工作。

他看着旁边美艳的女子,到底是为了满足自己的好奇心还是?不只是英雄难过美人关,连我这个 loser 也……男人哪,都一个样。

她倒是显得出奇地平静,一路上除了看书就是望着窗外发呆,面对周围男士别有用意的搭讪,她也无视之。

接机大厅,杨穆老远就看到了几个熟面孔。戴着眼镜、身材健硕的吴城眼尖,老远就发现他,挥着手喊道:"杨大帅!这儿呢!"

瘦高个谢安顺着他喊的方向,也发现了他们:"杨大帅!"

背靠墙倚着的男子头戴鸭舌帽,看着同伴幼稚的行为引来周围人的注目,有些不好意思地说:"机场这么多人呢,能不丢人吗?"

"老齐,这大帅的花名还是你给叫开的,你可别想往外摘。"谢安伸手拍了他一下。

杨穆拉着她朝熟人堆走去,边走边介绍:"这些都是我的好哥们儿。"

三人见他带着一个美艳动人的美女，都不约而同地发出"喔、喔、喔"的怪异声音。

吴城率先发难："你小子可以嘛，快介绍一下。"

谢安接过他的行李，咧着嘴笑着说："我说嘛，还是留在帝都好，美女多啊。"

杨穆摇摇头，故作无奈地摆着手："各位，这是从美国来的留学生Krys，她来广汉是为了毕业论文做田野调查。"末了，看着他们，加了一句："可别多想。"

"我们说什么了，多想的是你吧。"酷酷的老齐开口说。

杨穆感觉脸上有些发烫，继续说："Krys，这三位是我大学的舍友：吴城、谢安（安子）、齐正修（老齐），他们都是功底深厚的才子。"他希望通过夸奖，好让他们放过自己。

"哟，大帅也会夸人了？这不像你啊。"

"读书的那会儿，你不是自称上通三代、下究明清的不世之材吗？"

"我记得当堂让黄教授下不来台，争什么来着？"

三人你一言我一语地讨论起来。

"是关于上古神话的支系？"

"不是吧，好像是关于夏代考证。"

她友善地在一旁看着这几个好友团聚欢乐的场面。

"好啦，是关于奴隶社会和封建社会性质的划分，刚一见面就要开始学术讨论？"他看着她无奈地笑道。

"走吧,大帅害羞了。"老齐冷冷地打断了两人的胡闹,接过行李,向外走去。

安子走近她,问:"我帮你拿包吧?"

她的眼睛笑得呈月牙形,露出一口雪白的牙齿,说:"Thanks,我可以自己背。"

安子看着她,脸发红,随即低下头,说:"好吧,OK。"

吴城看着他,笑弯了腰。

杨穆推了安子一把,寒暄几句,化解了尴尬。

老齐推着行李,回头看着杨穆,问:"大帅是想先到市区逛逛还是咱们直奔目的地?"

杨穆看着她,示意让她做主。

她笑了笑,说:"听说你们在考古机构工作,一定有不少有趣的事情可以聊吧?"

"来咱们这儿当然是先去茶馆啦,感受一下巴蜀特有的文化底蕴。"

"找个茶馆坐下来聊,再合适不过了。"安子笑嘻嘻地说。

"晚上咱们带你们尝尝最正宗的川味美食!"

一伙人热热闹闹地走向停车场。

在他们身后不足百米处,有个背包客打扮的男子,手上拿着当地旅游指南,和他们保持"礼貌"的距离。

考古奇闻

在车上老齐拨通了茶馆老板的电话:"大款,给哥几个定个格致清雅、坐北朝南的厢房,有贵客到。"

店老板林桓是浙江人,长得白白净净,中等身材。川大中文系毕业后就留在了这座生活节奏缓慢的城市。

林桓的笑声从电话扬声器里传出来:"什么贵客啊,还要个坐北朝南的厢房。"

安子抢过电话:"大才子,大学同窗,你可得高规格接待啊!不然,城儿可不会放过你!"他看着正一本正经开车的吴城,打趣道。

"可不敢得罪吴老大,我可就把最上等的厢房给你们留着了!"

挂了电话,杨穆问:"这林桓不过就是我们的年纪,怎么会开起了茶馆?"

吴城打了转向灯,头朝左张望:"他富二代,平日里喜欢倒腾些古物,活得自在。"

"小林子有两大爱好:古物和美女!"安子接过话茬,目光不经意飘向坐在左边的Krys。

杨穆伸手敲了他一下:"你看什么。"

她脸红了,假装看车外的风景。

"急什么,又不是看上你了。"安子挤眉弄眼道。

"我急了吗?"

老齐坐在副驾驶上,翻看插在车缝里的传单,冷不丁来了一句:"急了。"

吴城"噗"的一声,忍不住笑了出来。

茶馆落在半山腰上，三面环山，面朝高速公路，是一间庭院式的茶馆，装潢颇为讲究，门口立着石碑，上面用魏体书写着茶圣陆羽的生平，中国几大茶系的介绍。

走进大门，两旁是用木质、陶瓷等材料做成的茶具，以历史为轴线由远及近地分布着排列。大厅的正中央，一个巨大的阴阳图形浮在墙上，供桌上放着一个圆形、类似车轮的铜器，看上去年代久远。

茶馆里的厢房都有着别致的名字和不同时代的风格，林桓替他们准备的上房是风格独特的"嘉禾"。

林桓笑容满面地站在茶馆门口，他身着汉服，脚踩布鞋，双手自然垂在身前。

"贵客啊，欢迎，欢迎！"他伸手道。

安子一个箭步，跑上前，摸着他腰间挂的一块古玉，惊喜得大声说："大款，你这又是哪儿淘的呀，这质地……"他推着眼镜框，眯着眼仔细观摩，"不像是明清以后的作品啊。"

老齐不紧不慢地走过去，手往他领口一拉，像拎小鸡似的往后一甩。安子呈一道弧线向后倒退了几步。

杨穆上前接住他："你这见着好东西就走不动的老毛病还没改。"

吴城上前打招呼："老林，打扰了。"

林桓顾不得衣服被扯得偏向一边，也赶紧回礼。

老齐特酷地闪进大门，吐槽道："你们文人雅士慢慢来。"

"林老板,这就是我说的贵客,我哥们儿,大才子杨穆,旁边这位是留学生 Krys。"吴城介绍道。

二人上前,算是正式认识了。

林桓的视线打一看到 Krys 就没移开过。

Krys 对男人的这种反应早已免疫,笑盈盈地自我介绍:"很高兴见到你。"

杨穆倒是有点不快。他将注意力转移至别处,有一搭没一搭地说:"茶馆的设计还真别致。"说完,才真正注意到茶馆的装修。

"咱们进去慢慢聊吧。"

"好,好。"林桓领 Krys 走进茶馆,仿佛门口站着的其他人都不存在。

"又是一个披着文人外衣的色徒。"

安子整理完领口,拍了拍杨穆的肩,苦笑道:"走吧,大才子。"

林桓一路走一路解说,语调中充满自信,二人有说有笑,剩下的几个男人像跟班一样走在后面。

吴城特意走在杨穆身边,充当起他的专职解说员。

"这件铜器可真有讲究,虽说是仿制品,却几乎可以达到以假乱真的地步。"

"哦。"他无精打采回应道。

"Krys,你喜欢青铜器吗?知道青铜器刚开始制作的时候颜色是金色的吗?"林桓欢快地问。林桓喜欢美女,这在朋友圈中不是秘密。他平日里清高，对古物的研究造诣不下研究所里的专家。对外人，他几乎从不主动谈起，别人问，他也只是礼貌性地回应一两句，极少挑起话题。

安子跟在他们后面不停地翻着白眼。

"这个我知道，金黄色一直都是王权的代表，权力的象征。"她有些异国语调的中文，像是一首奏鸣曲，轻快而又有层次。

突然，杨穆两眼一亮，径直走向左侧一处造型奇特的青铜小人面前。

小人身长不过十几厘米，头戴圆形的毡帽，深目高鼻梁，两旁的耳朵里塞着一个菱形的物件，腰间别着一件眼熟的物件，他凑近了看，又不似兵器，它有枪管，但缺少扣动扳机。

"这图案……"他眯起眼，想看个仔细，吴城这时招呼他们进厢房。

"嘉禾"有着一股神秘的韵味。

正对大门的墙上印着一幅浮雕壁画：一位弯着腰，头微低的人，身着貉服，站在他对面的男子，体形健美，双目犀利，手捧着一束稻禾，身后八匹骏马，四肢矫健，曲线优美。二人中间站着的男子口微张，手向上指着。

"这画的是穆天子西游吧？"杨穆看了一眼壁画随口说。

"不愧是大才子，一个照面就看出来了。"吴城回头说。

林桓用正经的目光打量这个一直绷着脸的人。他笑着问:"杨兄何以见得是穆天子西游?"

杨穆用不可思议的神情,手指着一角道:"这个威严的男子是周穆王,身后的骏马体形硕大,正是传说中的八骏,对面头微低的男子深目高鼻梁,明显是胡人首领,天子手上捧的是生长在舂山的稻禾'嘉禾',中间站着的男子是天子西游的引路人河宗正吧。"

林桓脸上的表情有些僵硬,但很快恢复自然,夸赞道:"杨兄真是博学,好眼力,好眼力。"

安子骄傲地回道:"他可是我们系出了名的,连导师的刺儿都敢挑的人物呢。"

杨穆正想自谦,老齐早已半躺,瘫倒在竹椅上:"快点上茶吧。"

Krys 走到杨穆身边,指着"嘉禾",问:"这个山上的宝物就是稻子?"

"舂山上有许多宝物,草木硕美,嘉谷生之,天子取其良稻,引进中原而已。"

"这个地方在哪儿呢?"她继续问道。

"传说舂山在昆仑山的北峰,神话故事而已。"杨穆不以为然道。

"杨兄认为'穆天子传'中所述之神地全然不可信?"林桓听到二人的对话。

杨穆读史,涉猎面极广,上古三代的史料虽少,却也杂,况且对于上古神话故事,真伪本来就难以说清。

"上古居民弄不清刮风、下雨、地震等自然现象的形成原因,因此才会为这些现象创造神迹。居住在山边的居民会崇拜山神,水边的人会崇拜河伯,这都是符合逻辑的正常行为。"他停了一下,"那么这些天神、地神总要有个居所吧。上古时期,人是游居,只有神才都居。昆仑山山脉绵长,任谁见了都会被这恢弘的山势所倾倒,那里是非常适合众神居住的宫殿。"他耸耸肩,似乎是对自己所说的都不可置信。

吴城洗着茶具,头也没抬:"怎么不把你信奉的那套神话源于语言的疾病理论拿来说服他们?"

"今时不同往日了,这些既不能让人温饱也不能让人忘忧。"杨穆苦笑道,他盘腿而坐,拇指和食指捏起一个小茶杯,对着杯口吹气,热气向四周盘旋而起。

他们都知道杨穆家庭遭受变故,放弃了考古研究所的工作,留守大都市谋求高薪职位。

林桓见吴城他们不发一语,笑着转移话题,对在一旁看壁画的 Krys 说:"女人还是多喝花茶好。"

Krys 转过头,看着杨穆,说:"我在美国读书时,认识了一个道家的学者,他对长生和这个神山都非常地相信,他说在中国,有许多活了很久的修行者,都住在深山里。"

林桓的笑容僵住了,他的脸色变得有些发白:"咳,这都是道听途说的吧。"

安子拿起一片切好的苹果,正往嘴里塞,含糊地说:"还真有这种传闻呢,不过都是些驴友说的。唉,城儿,上次咱们遇到的那个从广州来的哥们儿,叫什么来着?"他边嚼边说,"忘记名字了,他一身泥的从山上跑下来,脏兮兮的,说神仙救了他,你没忘吧。"

吴城怔了一下,回忆道:"不是已经证实是由于饥饿产生了幻觉吗?他在山上迷路,饿了三天,看到的不足为信。"

杨穆开始感兴趣了,他端起一杯新茶,吹着气:"那他当时说了什么呢?"

吴城皱着眉头,眼珠不停地转动,看得出他在尽力回忆当时的场景。

一年前,四川某村落正在进行考古发掘,吴城、老齐和安子结束一天的清理工作后,正准备骑小电驴离开,他们俩前往不远处的停车棚取车,安子继续步行一段距离,在门口等。

天色渐暗,夕阳映得这片盆地如血色一般。不足百米处,一团黑影朝着考古基地移动,时快时慢,四周的风沙随着黑影一起滚动,形成一股巨大的"龙卷风"。

安子使劲睁大眼睛,他自言自语道:"这是个啥?"黑影渐近,安子向后倒退几步,突然,黑影发出了声响。安子这才看清来者是个浑身裹满黑泥和杂草的人:衣衫褴褛,裸露出来的皮肤被山上的树枝划得伤痕累累。安子跑过去扶起他,仔细打量这个"野人"。"野人"穿着 The North Face 牌登山服,左脚穿着一只骆驼牌登山鞋,右脚的鞋子不知所踪,棉袜脏得分不清颜色,嘴里含糊不清地吐着字。"你说什么?"安子把他的头放在自己的大腿上,大声地问。

吴城二人推着小电驴走了出来，看到安子旁边多了一个人，觉得有些蹊跷。

老齐非常专业地对伤者进行简单的验伤："只是皮外伤和严重缺水，要马上送去医院做检查，排除内伤。"

吴城皱着眉头，将伤者扶起："安子，先报警吧。"

就在二人交接伤者的时候，一直处于混沌状态的伤者"噌"地一下子坐起来，大叫起来。

安子吓得松开手，吴城还没来得及接住。

人"咚"的一声直接跌了下去，所幸农村土地松软，老齐眼疾手快，俯下身去将他扶起。

三人合力把他架起来，朝基地走去。

所里的保健医生帮他清理伤口，挂了几瓶葡萄糖。伤者的意识越来越强，但眼神依旧呆滞。片警在他们报案之后的一个半小时内赶到基地，简单地录了几句口供，吩咐基地负责人在患者清醒后再询问。

老齐骑着小电驴外出购买生活用品，剩下俩人留守照顾伤者。

吴城为人谨慎，他特意嘱咐基地保安今夜务必加强警惕，不得随意离开岗位。

安子蹲在地上检查伤者的物品，手表、小电筒，还有几张已经模糊不清的纸条。"这小伙够有钱的啊。"他拿起手表，朝吴城的方向挥手。

吴城盯着那几张看不清字的纸条发呆。

门开了，老齐双手拎着两大袋物品走了进来，"这鬼地方一入夜就乌漆嘛黑的，回来差点没连车带人翻到山沟里。"他放下袋子，"怎么，还没醒？"

"嗯。"吴城没有抬头。

安子跟着说："倒是一直嚷嚷。"

老齐拍着身上的尘土，说："听着倒像神仙。"

二人同时停止动作，齐声说："神仙？"

安子一拍脑门，一副豁然开朗的样子："我去，敢情是碰上神仙了。"

"你胡说什么呢，神志不清的人说的话你还当真！"吴城瞪了他一眼。

安子认真分析道："一个人，傍晚时分，从山上连滚带爬地出现在咱们面前，不停喊着'神仙'，还有比这蹊跷的事吗！"

"自古蜀地就多这类传闻，这不奇怪。"老齐这句话让二人都无言以对。刚毕业时，他们三人在省档案馆实习做文案归档工作，看过不少奇闻逸事。他们只当是半个神话故事，听听就罢了。

夜过了一半，吴城三人半躺在沙发上休息，一天工作和照顾昏迷在床的男子，让他们有些精疲力竭。

考古基地出现神秘男子的传闻不消一天的光景就传开了，当地居民中流传着考古人员闯入山神的领地，触怒了山神之类的话。村主任带着村民与考古队交涉，希望他们终止对这里的考古发掘，以平息山神的怒火。

考古队用现代人的思维无法说服他们，只能暂时中止项目。

一个黑影跌跌撞撞地走到屋中间,嘴里嘟囔着听不清的语言,他手脚笨拙地翻着放在地上的杂物。

农村漆黑的夜色,让他无法在那堆杂物中找到所需的物件,他低沉地喘着粗气,焦急而僵硬的手不听使唤地摆动。突然,灯一开,老齐已站在跟前,冷静地说:"你早就醒了吧!"灯光打在黑影的身上,他的身份昭然若揭,他双手遮住眼睛,慌乱地说:"我……我只是想……拿回自己的东西。"

"你是谁?叫什么名?来这里的目的是什么?"吴城坐在沙发上,目光犀利地盯着他。

"李医生说你的身体机能早已恢复,却搞不明白为啥还昏迷着,你小子猴儿精哪。"安子走到他身边,拍了他肩膀一下。

"我,我叫李潇,我,我只是想拿回自己的东西……"他双目无神,一直重复着这句话。

"你小子一个劲地鬼打墙,来来去去就那么一句话想蒙蔽哥儿几个啊!"安子用力地推着自己的眼镜,愤愤地说。

他紧闭双眼,表情麻木,一言不发地呆站在原地,丝毫没有要逃跑的意思。

吴城缓缓起身,走近他:"现在可以告诉我们你的身份了吗?不过就算你不说,等警察来了,你一样得说。"

老齐拿起桌上的一个橘子,剥了起来。

安子咧嘴一笑，接着说："到时候说得更多，咱哥几个还可以泡壶茶，慢慢听你道来。"

他脸色从铁青到惨白，手开始微微地发抖，看得出他在尽力压抑着本能。

或许是看出他的异样，正吃着橘子，看似漫不经心的老齐抹了抹嘴："小子，你可别干逃跑这种没品的事，哥几个可是练家子出身。"

老齐望向吴城，吴城也心领神会地挺着胸："干野外考古这行没点本事傍身，怎么在这荒郊野岭生存？"

安子强忍住不停上扬的嘴角，学着吴城的模样，挽起衣袖，露出他那还算粗壮的胳膊，只不过那只是他常年喜食油腻之物留下的"硕果"。

他的身体停止抖动，像是拿定了主意要向他们坦白一切："我说……"

安子瞪着他那双本来就很大的眼睛，喃喃自语："这……这怎么可能，你……是说……是说……"

吴城脸色铁青，慌张地望着一向淡定的老齐。

老齐倒吸一口气，看得出他有些慌神："你……你在写科幻小说吗？"

"都这样了，我还有说谎的必要吗？"他气若游丝，双唇因为许久未饮水而变得如同枯木。

他们从他严肃的脸上，看不出有说谎的痕迹。

"这村里的人都是活了千百年的'神仙'？"吴城一直重复着这句话。

老齐深吸一口气:"好吧,就算你说的是真的,那他们是如何躲过人口普查的。"

安子抬头看了他一眼,一脸的不可思议,这时候哥们儿还有心思开玩笑?

他如释重负地松了一口气,若有所思地望向窗外。

吴城回过神来,看着老齐,问:"怎么办?"

话未说完,他也不知哪来的力气,突然伸手抓起地上的一堆纸团,迅速拉开玻璃窗,翻身跃下,一阵烟似的消失在黑夜里。

三人僵在室内,喉咙像是被什么东西堵住,来不及叫唤。

许久,安子说了句:"这身手……"

考古队长办公室

片警小王在给三人做笔录,他二十出头,个头不高,精明能干。

"什么?你们是说他逃跑时告诉你们,这个村子里有活神仙?"他按捺住想要笑出声的情绪。

老齐跷着二郎腿,不屑地看着吴城。他认为实话实说是个愚蠢的主意。

安子一头乱发,无精打采地看着窗外:远处的村庄错落有致地分布在山的周围。他看着烟囱上飘着的青烟,一副灵魂出窍的样子。

"这确实是他的原话!"吴城是个实诚的人,属于说话不会拐弯的那种人。

"活得长不等于是神仙吧……"小王觉得有些荒谬。

"不是长寿,我说过很多遍了……"他奋力解释,"是……"

小王停下手中的笔,抬头看着疑似精神病患的吴城:"你让我怎么做笔录向上级汇报,说昨晚跑的那个可疑的人告诉你们,他遇到神仙了,说出去谁信?"

"信不信是你们的事,他确实是这样说的!"

老齐站起身,伸了个懒腰,打着哈欠:"你就写人是趁我们不注意的时候跑了,我们又不是警察,就算遇到犯人反抗也没必要去拼命吧?"

安子回过神来,小声地附和道:"他确实是趁我们不注意的时候跑的。"

片警无奈地耸了耸肩,把笔一扔,说:"好吧,不过这件事还没结案,咱们保持联系吧。"

送走片警,安子突然说:"咱们要不要去村子里……"还未说完,老齐瞪了他一眼。

吴城坐在一旁,表情呆滞。

"然后呢?"林桓微笑着问。

杨穆喝了一口举了半天的茶,眉头一皱,说:"都凉了。"

Krys睁着一双大眼,半天没回过神来,问:"就这样结束了？"

安子打着哈哈说："我们可是职业的考古人员，寻仙之类的活儿还是交给相关的专业人士，可不敢抢行。"

吴城看着杨穆，说："最后在当地的考古挖掘项目停止了，我们很快就离开了。"

Krys 有些失望，她撇着嘴说："太可惜了。"

林桓熟练地洗着茶具，添茶，倒热水，淡淡地说："喝茶吧。"

吃过晚饭，他们送 Krys 到酒店，杨穆和他们兄弟仨到当地的考古所留宿。

安子在车上打趣道："有美女不陪，却和哥仨跑去住破旧的招待所，你说你冤不冤？"

杨穆晚饭喝了点酒，不胜酒力的他浑身都透着醉意。

吴城面色微红，毕业后的第一次重聚，他很开心。

杨穆看着窗外，沉默了一会儿，说："你们的故事还没讲完吧？"

车内一阵沉默。

一直闭着眼的老齐突然坐直了身子，伸着懒腰："你来旅个游，干吗弄得自己那么累，享受美食、欣赏美女多好。"

杨穆看着他，说："你话怎么变得这么多？"他盘起腿继续说："坐等真相。"

安子看着吴城，又看了看老齐，无奈道："你说你一个早就脱离苦海的三好青年，在帝都过着舒心的小白领日子不好，跑来掺和这些八竿子打不着的事干吗？"

杨穆声音一沉："什么狗屁舒心日子，不过是为了讨口饭吃，苟延残喘。"

三个人面面相觑，只有老齐拍了他头一下："过得不好就干回老本行吧。"

"凭你的才学，哪个考古所不争着要啊。"

"是啊……是啊……"

吴城的车拐弯，进了一条单行道，他减缓了行速，在一间旧屋子门前停了下来。

老齐纳闷地问："城儿，停这儿干吗？"

安子揉着眼睛说："这儿不是……"

野外考察回来后，他一直在思考李潇逃跑前说的话，每次向队长申请重新调查那个地方，都被以经费不足或上级机构干扰为由打发掉了。队长对极力争取的吴城说："你要是对那个课题感兴趣就到档案局去，那里材料多。"

吴城回头看着他们，说："里面或许有我们要的答案。"

成都某酒店，Krys 洗完澡从浴室出来，边走边擦着头发，肤色在染成金色的头发衬托下白得发亮。她拿起电视遥控器，随意地换着台，放在床上的手机响了起来，她放下遥控器，滑动手机屏幕，从电话那头传来一个男声："你那边进行得怎么样了？"

"一切依计划进行。"她面无表情，冷静地说。

"你在哪里？"

"您不是派了人跟踪我吗?夜晚的行动就交给他吧。"

电话那头的男人冷笑道:"我就喜欢你的聪明,哈哈哈……"

Krys挂了电话,她全身瘫软地躺在沙发里,看上去像个熬夜完成作业的大学生,浑身透着厌倦和疲惫。

早晨,Krys的手机从六点就开始响个不停,她慵懒地起身,按了接听键:"Hello?"

电话那头传来嘈杂的声音:"Krys快起来,我想我们找到了你想要的东西。"

她使劲揉了揉眼睛:"真的吗?你们在哪儿?"

地方档案馆

吴城拿着特许证通过了门卫的检验,他们在保安的指引下来到了主体楼旁边一栋陈旧的四层小楼,门口设有指纹和眼底纹双层保险门禁安全系统。

杨穆低声问:"怎么有点头晕?"

吴城喘着粗气道:"这栋楼设计了低氧环境来保护文字材料,所以咱们还是少说话,保存氧气。"

没过多久,安子脸色苍白地问:"没有氧气罐吗?"

老齐眯着眼看着他,说:"谁叫你平时不跟着城儿跑步,还氧气罐……想得美……"

安子白了他一眼,嘟囔道:"这和跑步有半毛钱关系……"为了生存下去,他的声音越来越低。

吴城深吸了一口气,说:"我们时间有限,咱们三个分工找吧。"

Krys简单地梳妆后,打的来到了位于城郊的档案馆,杨穆已经在门口等着她了。

他顶着凌乱的头发,黑眼圈挂在眼眶周围,哈欠连连地叉着腰。

"还真被你说对了……"

她迈着大步,走进档案馆:"简直不敢相信,这些事情居然有记录?"

"这里一直都是机密要地,一般人是无法借阅这里的档案的。"

他们走进大堂,安子正仰卧在大沙发上呼呼打鼾,老齐望着中央的壁画愣神。

杨穆强打着精神说:"哟,各位都进入禅定模式了。"

老齐两眼无神地看着他们两个,转头看了看睡得正酣的安子,木讷地回答:"嗯。"

"城儿呢?"他问。

"城儿?"他面无表情地说,"去买吃的了。"

Krys从包里拿出几瓶罐装咖啡,递给老齐。杨穆伸手想去拍醒安子,Krys按住他的手,说:"让他睡吧。"

吴城嘴里叼着手机,两手满满提着塑料袋走了进来,他把东西放好后,对他们说:"吃吧。"

杨穆发现他神色异样,一副心事重重的样子,他走过去，问:"怎么了，有什么事吗?"

吴城故作自然地说:"没事，你们先吃点东西吧，我可能不能陪你们了，有……有点事儿要办。"

"我就说你有事，怎么了? 需要帮忙吗?"

老齐吃了一个包子，也回过神来了:"出什么事了吗?"

安子喝着豆浆，边吃着龙抄手边给Krys科普关于四川小吃的知识。

城儿看着他们，叹了口气说:"我舅舅被公安局拘留了。"

第三章
CHAPTER 3

环城高速上,车内气氛严肃,老齐看着表情严肃的吴城,问:"要不我来开吧?"

他摇了摇头,看着后视镜里的杨穆和Krys,说:"不好意思,本来说好了要陪你们的,因为我自己的私事耽误了你们的行程。"

杨穆伸手拍了他肩膀一下:"说什么呢?"

Krys跟着说:"希望我们能帮得上忙。"

安子在车上表现得像个下了地的猴子,坐立难安,不停地问:"你舅舅怎么会做监守自盗的事?他在博物馆任职了几十年,怎么就突然觊觎起国家文物了?"

"现在还不清楚,我妈在电话里也只是简单地说了一些,库房非展览区丢失了一件文物,舅舅报案了,也将嫌疑犯锁定在一个保安身上,但是警方却无法逮捕他。"

"为什么?"四个人同时问道。

他脸色发青,重重地吐了一口气,说:"因为那个文物根本没有记录在案,也不属于什么国家保护文物,说白了就和办公楼里的一个削笔刀没什么两样。"

安子使劲坐直身子，问："那还把你舅舅关起来，难不成告他诬陷别人？"

"不，因为他报案后，上级派了一个调查小组去清点文物，发现……发现博物馆丢了几件一级保护文物。"

"什么！"

吴城忧心忡忡地说："现在他以犯罪嫌疑人的身份被拘留了。"

车内安静了许久，大家都知道盗窃国家文物的后果，虽然觉得这个案件漏洞百出，但也一时想不出计策。

Krys打破了沉默："这也太奇怪了，如果是我偷了东西，怎么会傻到自己去报警呢，而且还是为一个根本就没有价值的东西？"

"我担心的是那几件失窃的一级文物，这显然是有人故意要陷害秦先生。"

杨穆说的话戳中了吴城的心，他愤愤地说："不管是谁，我都要查出来，舅舅一辈子清白做学问，谁都别想把屎盆子往他身上扣！"

安子分析道："现在最主要的就是那个保安，把他逮到了，就真相大白了。"

一直没说话的老齐这个时候来了句："那倒不一定。"

大家你一言我一语地阐述着对案情的意见，此时，Krys感觉到上衣口袋的手机震动了一下，她小心翼翼地掏出手机，快速地扫了一下屏幕："Done"！

博物馆内的办公大楼前，吴城急匆匆地熄火停车，连手刹都没来得及拉，就抛下车上的人下了车，吓得后座的安子大叫。

老齐不慌不忙地拉了手刹，镇定自若、动作潇洒地跟着下了车。

安子按着胸口，打开车门道："我们能活着到这儿也真是奇迹。"

保安小王走出大门，冲着来人喊道："你们怎么没登记就闯进来了？"

刚才门卫来电话，说有一辆三菱吉普无视他的指令，直冲冲地朝办公大楼方向开来。

吴城气势汹汹地问："是谁打电话通知我秦馆长被拘留的？"

"是吴城吗？"从小王身后走出一个嗓音细润的女士，她一头银发，双颊有两条深深的皱纹，鼻梁上架着无框眼镜，让人从外表看不出她的年龄。

"我是吴城，您是？"

她面露微笑，伸出手说："你好，我是省博物馆的副馆长俞力，也是我打电话通知家属的。"

吴城回礼道："麻烦您了。"

"说起来秦馆长还是我的学长呢，要不是他淡泊名利，这省博物馆副馆长的职位哪轮得到我们小辈啊。"

"俞馆长，关于我舅舅的案情，我……"

"我是坚信秦馆长是不会做这种监守自盗的事情的，他的为人我从读书时代起就十分仰慕，"她停顿了一下，叹了口气，"唉，只是现在的形势对他十分不利呀！"

"如果真的是秦馆长做的，他又怎么会自己报警等着警察来抓呢？"杨穆插了一句嘴。

俞力回头看了他一眼，和蔼的脸色变得有些难看："你们还不知道吧，犯罪嫌疑人陈浩半个小时前已经落网了。"

吴城松了一口气，摸着额头说："抓到就好，抓到就好，这下真相大白了。"

"他的尸体是在秦馆长家附近的垃圾站找到的。"

吴城的脑袋"轰"的一声像是被炸开一样，周围的人说什么，他都已经听不见了。

老齐急了，冲上去问："人死了多久？尸检结果出来了吗？"

杨穆接着说："如果死亡的时间是在秦教授被拘留之后，你们可不能诬陷好人。"

安子扶着身子发软的吴城，Krys 也在一旁搭把手扶着他。

俞力推着架在鼻梁上的眼镜，回答："现在结果都还没出来，我和你们一样都只能等。"

老齐回过头，对吴城说："咱们先去警局了解一下情况再说吧。"

审讯室

吴城双手握拳，眼睛死死盯着审讯室的门。

杨穆作为陪同家属也好不到哪儿去，他昨夜翻看了关于盗取国家文物的刑法条例，知道如果事情属实，会受到怎样的处罚，当然靠一辈子严谨做学问所得来的名声和荣誉也都将烟消云散。

门开了，秦源在两个警卫的看护下走了进来，他看上去更加苍老，两颊也顺应地心引力，耷拉下来。

他看到吴城，眼神开始有些慌张，脚步也缓慢了起来。

"舅舅，"吴城站起身来介绍杨穆，"这是我同学杨……"

"杨穆是吧，我知道。"他声音沙哑而无力。

秦源在吴城的大学做过几次学术演讲，还是学校的客座教授。杨穆是考古学生会的会长，他们在几个场合有过交集。不过在这种情况下，杨穆还是吃惊于他的惊人记忆力和心理承受能力。

"舅舅，他们没有折磨你吧。"吴城自恃看过一些警匪片，便将电影中的情节套入真实生活。

秦源苦笑道："他们对我这个老头挺好的，你看我甚至都没有换上制服。"他指了指身上的衣服。

杨穆担心吴城感情用事，只是一味地问些无关案情的话，趁着空隙，抢过话问："秦教授，我现在需要你把所知的细节都告诉我们。"

"我所知道的并不比你们多，那个死了的保安根本没有本事一个人偷走这么多文物，我们博物馆对于出入制度是严格执行的。"

他喝了口水，说："再说这么多记录在案的文物，要是流入交易市场，再怎么密不透风也不可能一点消息也没有吧？"

吴城急了："现在那个嫌疑犯死了，线索也断了，我们该从什么地方下手调查啊！"

"现在已经是刑事案件了，警方有的是人力、物力去查个水落石出，你们还是不要管了。"

杨穆环顾四周，低声说："这件事已经没这么简单了，有人精心策划要将真凶锁定在您身上，那个保安死在您家附近，而且有人作证，说在事情发生的前几天，您几次在办公室找他谈话。就在刚才，警方已经找到证据，您几次从银行转钱到他的账户，这一切分明是有人在有意引导。"

秦源平静地说："我找他谈话，是有人投诉他工作态度有问题，经常和参观游客发生争吵。转钱给他，是他好赌，欠了钱无力归还，家中还有妻儿要养。"

"舅舅，这些话您一定要对警方说清楚。"

"城儿，你不要管了，回去好好工作吧，告诉你母亲我一切都好，不要为我担心。"

出了警局，杨穆看着慌了神的吴城，拍着他的肩膀，什么话也没说。

老齐背靠着吉普车，看到他们出来了，迎了上去问："秦教授还好吧？"

安子从花圃的边沿上跳起来，也凑上去问："怎么样？怎么样？"

Krys 打开车门，下了车说："好消息是这件事并没有上传到网络，不管是谁想要陷害秦教授，至少现在还没有得逞。"

老齐打开驾驶室的车门，对心事重重的吴城说："城儿，我已经打电话给林桓了，要他留意一下古玩市场，偷了东西总该要销赃的，他的资讯渠道比较广。"

安子竖起大拇指道："还是老齐厉害，把城儿的人脉用得风生水起。"

杨穆一直绷着的脸露出了笑容，他看着 Krys 问："你要不先去考古所找你要的资料？跟着我们也帮不到你。"

她浅浅一笑，没有说话。

四川省某市，某博物馆

安保人员每日例行检查博物馆，新来的保安不善言谈，也不喜交际，但对本职工作非常认真，每天总是最后一个走，一起当班的同事为此叫苦不迭。

"小王，走吧，每天的例行公事有什么可查的，出不了事。"

在博物馆工作了三年的"老油条"陈浩不耐烦地说。

"浩哥，咱们这保护的可是国家文物，马虎不得。"他双目如炬，在手电筒的照射下如老鹰一般尖锐。

"这博物馆用的都是高科技，丢不了！"他加快脚步，把小王留在后边。

陈浩骂骂咧咧地走出大门，弓着身子朝右边方向走去。

黑夜中，一辆起亚小轿车打着转向灯停在路边，入秋的天气有些凉，他将手插入上衣口袋，双手将衣服绷得变了形，一副落魄样。

他走近轿车，斜着眼打量，突然，车门在他身旁打开了，他被这突如其来的举动吓了一跳，车上下来一个穿着夹克衫的人。

"吓我一跳。"他骂骂咧咧地说。

"不好意思"，那人开口道，"你是陈浩吗？"他掏出香烟，递了过去。

他斜着身子，打量这个陌生人，接过香烟，清清嗓子："你谁啊？"

"你不用知道我是谁，只要认识它就行了。"他戴着眼镜的脸上露出浅浅笑意，拿着钞票的手在他眼前晃了晃。

陈浩直了身子，向前倾。

天色已经完全暗了下来，车灯的余光让他看清楚钞票的厚度，"红色的，"他心一动，随即又有些不安，问："你什么意思？"

男子放下拿着钞票的手，用低沉的声调说："小事而已，你肯定能做到！"

陈浩原本死灰般的双眸刹那间亮了起来。

十月的气候没有夏天那么多雨水，天气逐渐转凉。走在街上，有种让人浑身舒坦的爽劲儿。

博物馆馆长秦源像往常一样骑着自行车上班，黄金周刚过，他也松了一口气，终于可以在上下班之余有私人的时间会友、读书。秦源年过五十，从未结婚。毕业于国内名校的考古系，大学毕业后公费留学，他没有像一起留学的同学那样留在国外工作、结婚、生子，而是一毕业就归国，先在高校任教，后来为了专心于学术研究，来到博物馆任职。他照常与门卫打招呼，朝左侧的单车棚走去，哼着小调锁好车。

"馆长早上好。"

落叶散落在通往办公楼的弯道上，混合了泥土的香味，形成天然的催化剂，促发一种哀而不伤的情绪。

秦源走进大堂，照例环视四周。左面柱子旁，几个保安围在一起，叽叽喳喳地说着什么，他皱了一下眉头，故意清了清嗓子。

新来的小王推了一下队长，小声嘀咕道："馆长来了。"保安队长回头，神色紧张："馆……馆长……早……"

"一大早的，几个人不在工作岗位上，跑到办公楼来摆什么龙门阵？"他有些不悦。

"馆长，我……有个事要向您汇报。"队长擦掉额头上一颗欲坠的汗珠。

"说吧。"他抬手看着手表道。

队长走近，以近乎贴着的距离，小声地说："博物馆后面右侧的那个小屋，您有印象吗？"

秦源的心"咯噔"一下，他深吸一口气，说："怎么了?"

"昨儿晚上,小王看见里边儿有灯光,这间小屋打从我到博物馆上班就没人进去过,所以……想来问问馆长,您昨晚有授权谁进这个小屋吗?"

秦源的脸色越来越苍白,他心里也有了答案。他神情严肃,一言不发地走出办公大楼。

"队长,这……算怎么一回事?"几个保安叽叽喳喳地围着队长问道。

"怎么回事……"他愤愤地说,"就是完了呗!"

他赶忙跟上馆长的步伐,剩下几个保安原地解散,都怕这事摊到自己身上,只有新来的小王心事重重地跟在队长身后。

博物馆后院的小屋

秦源将公文包打开,拿出一串钥匙,按着编号,他选出其中一把再普通不过的银色钥匙。门打开了,他看着锁孔,周围有一条隐蔽的划痕,他心里的恐惧越来越深……

小王走到他身后,小心翼翼地问:"馆长,有件事……我……"

保安队长回头瞪了他一眼,凶道:"这都什么时候了,回到你自己的工作岗位!"

秦源无暇顾及他们,径直走了进去。

两人留在门口相视无言。

小屋内空气稀薄，灯光昏暗，墙角处的防潮设备让古物在这里都能受到很好的保护，至少比展厅的古物要好。

他熟练地拿起挂在门后的 LED 手电筒，朝左前方快步走去。小屋最深处有一排梨花木制成的巨大书柜，它与墙面同高，宽几十米。最上面一层放满一卷一卷的金帛，中间层摆着数量巨大的竹简及线装书，下层的柜子较高，里面藏着数以千计的画卷，用经过处理的画纸包裹着。他拿出一把铜锁，打开上层和中层之间的小夹层，他戴上白手套，小心地在里面翻动。突然，嘴里衔着的 LED 手电筒跌落在地，他口中不停地说着："完了，完了。"

保安听到声响，马上跑了进来，小王打开墙上的电灯开关，灯光虽弱，但也足以找到馆长的方位。

馆长瘫坐在书柜的一角，手电筒滚到不远处的木柱子边上。他脸色煞白，双目空洞地望着空气，头上方的墙柜门不知所措地来回晃动着。

"馆长……"他话未说完，打量开着的墙柜门，想知道到底是什么东西不见了，墙柜里面摆放的物品不少，不熟悉的人第一眼根本不会注意到缺失的物件，他接着问："是什么不见了吗？"

保安队长比小王慢了一步，也气喘吁吁地问："到底发生什么事情了？"

小王走近馆长身边，试图扶起这个掉了魂的馆长。

"你们都出去吧。"馆长虚弱地说："我叫你们再进来。"

"这……"

保安队长制止正要发问的小王:"是,您有事叫我。"

二人走出小屋,队长面色阴沉地对他说:"你去浩子的住处找找,看能不能从那里弄点线索。"

"臭小子,敢在老子地盘单干!"小王走后,他突然眼露凶光。

小王骑着他的电动自行车飞快地出了博物馆。他经叔叔的介绍来这里上班,每天都是恪尽职守地做好本职工作。对于队长,他觉得总有些说不清道不明的感觉,但叔叔说过不该管的别多管,他始终牢记在心。

一处废弃的旧宅内,憔悴的男子蜷缩在二楼一角,他神经紧张,不时地伸长脖子打量周围的环境,一点声响都让他坐立难安。距离昨晚偷偷潜入博物馆盗取文物已经过去十二个小时,接头的人却还未出现。他也不敢开机,盗窃已是犯法,更何况是文物。紧张加上饥饿让他更加后悔自己的行为,"不会是耍老子的吧!"

他掏出一直放在怀里,如先前交代的那样用丝绸包裹的"赃物",仔细观摩。昨晚太匆忙,他打开柜门,找到说好的位置上的文物,拿起来就跑,根本没有心思去看所盗之物。他简直不敢相信眼前捧着的是一件文物,"这要是扔到街上,保管没人看它一眼!"想到这里,他越发觉得自己所冒的险不值得,"要是为了这么个破布而坐牢……"

楼下传来脚步声,鞋底与地面的摩擦声让他身上每根汗毛都立了起来,他屏住呼吸,生怕呼吸声干扰了自己的听觉。他下意识地拿起一直放在身旁的钢筋条。来人上了二楼,他握着武器的手越来越紧,渐渐地开始颤抖,精神紧绷到了极致,浑身开始抖动起来。

脚步声突然消失了,他尖着耳朵、伸长脖子,试图听得更清楚,正疑惑间,一只粗壮的手朝他袭来,他条件反射地用钢筋条反击,不料却被另一只手快速夺下。

这一切来得太突然,他侧身准备逃出去,一个浑厚的男声冲着他说:"你不要钱了吗?"

他睁大眼睛看着眼前这个比自己高出一个头的人,惊魂未定地问:"是你!"

来人猛地推了他一把,他像弹簧一样跌落在地,反作用力让他在地上翻了几圈才坐定。

他爬起来,愤愤地问:"你知道是我,为什么还要下手那么狠?"

来人傲慢地俯视着这个不堪一击的小偷,说:"东西呢?"

"钱呢?"

来人快速地从外套的口袋里掏出一沓红色的钞票,丢在地上,"你拿着这些钱离开这里,我们老板可不想惹上麻烦。"

来人离开后,陈浩悬着的心才放下来,他数着刚捡起来的钞票,咧嘴一笑。

深夜,一个黑影在老旧的居民区鬼鬼祟祟地来回穿插,他时而低头快走，时而缓慢移动，看上去对这一带的地形非常熟悉。他双手紧紧地插在上衣口袋里，有陌生人经过，他的身子便会轻微地抖动起来，仿佛两旁屋檐上的瓦片也会随之跌落下来。楼上残破的玻璃窗木框随着风来回晃动，发出"吱吱呀呀"的声响，让人有些不安，尤其是对一个刚犯了罪的人。他四下张望，确保没人跟踪后，快速地转进一处平房。平房虽残破，但并不如周围的破屋子那般脏乱，看来平日里还是有人在打理。大门还是老样式的木质双开门，旁边留有供守门人休憩的小单间。走过庭院，他松了一口气，"安全了。"他想。

推开门，在黑暗中摸索开关，灯"咔"的一声自动亮了，他惊了一下，一个身材微胖的男子直挺挺站在屋子中央。

男子面带愠色地说："浩子兄弟，你不厚道啊。"

陈浩的直觉让他做出逃跑的求生反应。

男子又开口说："我要是你就不会妄想还有离开的可能。"几个隐藏在屋子四周的人慢慢向中心靠拢，陈浩慌张地问："队长，你……你到底要干什么？"

队长瞪着这个正淌着冷汗的男人，语气凶恶地说："你刚来的时候我就说过，做兄弟就是要有钱一起赚，有锅一起背，你倒好，钱想独吞不说，却要兄弟们给你背锅！"

"我……我也是……来不及通知。"他慌乱得不知道该如何表达，"那天刚好我值班，我就……"

"我说过，没人能在我的地盘单干！"队长手一挥，四

第三章　73

周的人一拥而上，瞬间将中间的人淹没，他甚至都没来得及呼救，就失去了知觉。

陈浩眼看着没气了，一个人从黑影中走了出来，对他说："看不出你还挺有谋略。"黑影背着手，跨过尸体。

"你是保安队长？"吴城坐在办公室，用纸笔记录着任何可能有关案情的信息，他试图还原整个案情的来龙去脉。

李辉微胖的身材、和善的面容，都让人难以将罪恶的嫌疑扣在他身上，他叹了口气说："秦馆长是好人，我是怎么都不相信他会盗取国家文物的。"

老齐歪着身子坐在窗边的竹椅上说："没问你秦馆长的为人，你陈述事实就行了。"

他表情变得有些僵硬："是，我是这儿的保安队长。"

"死者陈浩，他平日里和谁交好？"

他做出一副思索状，回答："他挺孤僻的，独来独往，也没听说有什么朋友。"

老齐站起来，看着他，讽刺道："一起共事几年，居然对手下的人陌生到和路人甲乙都没什么分别，你这个保安队长还真是称职。"

杨穆坐不住了，对老齐说："你让人把话说完行吗？"

老齐摊开手，耸了耸肩，说："我不确定他能说出有用的信息来。"

李辉擦着额头上快淌下来的汗说："他工作上就属于不上心的那类人，和他一起当班的同事总是投诉，迟到早退这些坏毛病已属常态了。"

他歪着脑袋回忆，试图想表现出作为队长的责任："还有一点，他有赌博的恶习，听说是欠了高利贷，馆长好几次想辞退他，可不知为什么还是留他在馆里做事。"

老齐"唰"地一下站起来，指着他说："你后面那一句是什么意思？你要是对警察局的人也这么说，是个人都会把矛头指向秦教授……"

杨穆望着反常的老齐，说："你出去走走吧，今天是怎么回事，跟个火药桶似的。"

吴城一言不发地坐着，像是在思考，但更多的是怀疑，他看着失态的老齐，说："你去打电话给林桓，问问他有什么新的消息。"

一个上午的光景，他们询问了十几个工作人员，都无甚进展。吴城索性丢掉手中的笔，站起身来回走动，他着急上火得有些手足无措。

杨穆的手扶着额头，不时敲打眉骨，试图捋清他们的口供，找出其中有用的信息。"城儿，我怎么有种很不好的预感？"

吴城双手插入头发，他看向杨穆，脸上写满了焦虑。

Krys 快步走进来："不好了，有人把这个事件上传到了互联网，现在大家都在议论。"她将手机递给吴城。

杨穆抢过手机，快速浏览屏幕上的一个大标题：

海归馆长潜伏小镇二十载，"卧薪尝胆"只为盗国家文物

"胡言乱语,他们怎么能不调查清楚就散播谣言?你看!上面尽是'据有关人士透露'这些托词!"吴城激动地挥动着手中银白色的iPhone,大声地喊道。

安子和老齐听见屋子里嘈杂的声音,也走了进来。安子夺过手机,也跟着嚷嚷起来:"这一定是场阴谋!背后的人是算计好的,到一个时间点就扔一个炸弹,关键是我们根本不知道对手是谁!"

老齐的手机这时响了,他看了来电显示,示意大家都不要大声说话:"喂,林桓。"

电话那边的声音刺耳,看来他也看了新闻:"你们怎么不早点告诉我事情的全部过程,现在新闻都出来了……"

老齐正准备道歉,吴城走过来拿过电话:"林子,对不起,给你添麻烦了。"

"唉,秦教授怎么会摊上这事儿!新闻一出来,简直就是给偷东西的人信儿啊,这仗还怎么打!"他发了一通牢骚后进入正题:"那些丢了的文物肯定不是他们要的,你要弄清楚那晚被盗的到底是什么,咱们从那里入手!"

放了电话,吴城让老齐去发动车子,他要去警局。

审讯室

走出警局,吴城望着警车鸣着警笛、闪着警灯地进进出出,他觉得一切都是那么不真实,像是做了一场奇幻的梦,直到杨穆拍了拍他的肩膀,他才回过神来。

(画外音，大学时期的一堂课)

书本上那些稀奇古怪的上古神话是先民们无法解释风雨闪电等自然现象而想象出一批神人，久居山间的先民会崇拜山神，久居水边的居民会崇拜河伯……吴城看着杨穆，二人相视苦笑。

"还记得大学时我们选修的'先秦神话体系的形成'这门课吗？"

"当然记得，咱们就是在这节课上认识的，你、我、老齐、安子，你当时不是让教授下不来台吗？印象深刻啊。"

杨穆脸一沉，说："刚才那场对话你相信多少？"

"要是有选择的话，我一个字都不相信，但是……现在……我们得赶快行动。"

他接着说："这事儿咱们还是先不要和老齐他们说，我怕会引起不必要的麻烦。"

"咱们先去档案馆，把有关联的信息都记录下来。"

晚上，杨穆躺在博物馆招待所的床上翻来覆去地无法入眠，他的思绪乱飞，读书时期的点滴、近日发生的一切和今日在审讯室与秦教授的一番对话全都混在一起，大脑里正进行激烈的辩论。

"穆天子西游就单纯为了那几块破石头？"年轻气盛的杨穆在课堂上质疑道。

"玉石在上古时期尚属稀有物件，当然啦，他西游也有政治方面的原因，当时……"

安子打趣道："而且西王母在《山海经》中的描述是

'其状如人,豹尾虎齿而善啸',姬满的口味够重的。"

教室里笑声一片……

老齐双手托腮,笑眯眯地看着前排的一个面目清秀的姑娘说:"西王母的出场大概只是为了渲染一下周天子的神性吧,上古的帝王们不都有个神秘的出身吗?"

吴城沉默地坐在第二排靠窗的位置,他兴奋地看着同窗们自由抒发各自的观点。

思绪回到今天稍早一些的时候,在警察局的审讯室,秦教授和他们进行了一场对话。

审讯室不大,一面有一扇装有栅栏的窗户,阳光直射到三人对坐的桌子,灰尘顺着阳光向上旋转飞舞。秦教授的脸在阳光的照射下一阴一阳,眼镜下的双目也变得模糊不清。

"城儿,你还记得几个月前你和我说你们考古队遇到的怪事吗?"

吴城双手交叉放在胸前,点头。

秦教授推了推眼镜,继续说:"本来我只当是无数件考古事件中最平淡无奇的一件淡忘了,从事实地考古工作的人都知道,有些地方的村民为了阻止挖掘工作的进行,通常会做出一些奇怪的举动,如编造神话故事之类。"

杨穆疑惑地看着吴城:"这和文物有什么关系吗?"

吴城摇摇头,耐着性子往下听,虽然他并不觉得这有什么意义。"六个月前,我在美国读书时的导师来四川为他的下一本书作实地考察,我们几十年未见,促膝长谈了一夜，谈话时无意间透露了这件事，他表示很有兴趣，希望我们能在这件事情的研究上合作，我答应了。"

吴城问："赵教授来四川的时候，我们也见面了，但他并没有问过我。"

杨穆有些受不了了，他急切地问："教授，这些学术类的事情与案件有什么关系吗？"

他看着这两个为他奔波的年轻人，内心感到温暖，但他并没有直接回答他们的问题："我为了这件事翻阅各种文件，我虽然上了年纪，但对历史的热爱比年轻时更甚。在民间档案馆，我找到了你说的那个村庄的记载。奇怪的是，一个存在了上千年的古老村落，文字记载却少得可怜，他们似乎与世隔绝，仅有的信息还是政府人员打着土地登记的名号获得的。"

他喝了口水，继续说道："后来我找到了当年去村落登记的人，他已经是年近八十的老人。开始他不怎么愿意说起那个村庄的事，我说我是博物馆的馆长，只是想记录历史，没有私人目的。"说到这里，他突然停了下来。朝阳的一边，细小的灰尘在空气中打转。

姜振华在县里负责户口登记，他是个天生乐观的人，身材矮小但肢体协调能力很好，经常参加县里、乡里组织的娱乐活动，大家都很喜欢这个年轻人。

一日，他骑着单位派给他的单车下乡。这次的任务比较难，是去一个叫北丘的小村庄做人口登记，他早就听说这个地方很闭塞,那里的人不愿意与外界接触。

"全国都解放了,压在人民头上的几座大山也没了,他们应该会放下心防接纳人民的政府。"想到这,心里的负担也卸下了大半,推着单车的脚步也变得轻快起来。

北丘村是一个建在山腰的小村落,正面是一片农田。起雾的时候从农田往上看,看不到任何建筑物,据说这也是他们千年来抵御外界的法宝。他经过农田时,正寻思着从哪条路上山,正好看到一个老农弯着腰在农田边上清除杂草。他走了过去,问:"老人家,您是北丘村的人吗?"

老人没有理会,姜振华以为他耳背,便提高音量重复了问题。老人才转过身来,用迷茫的眼神看着他,嘴里发出类似"哼"的声音。他这才意识到自己的声音太大,冒犯了他:"老人家,对不起,我以为您听不清所以声音大了点儿,您别见怪。"

老人又回过身来,小声地回了句:"你有啥子事哟?"

"请问您是北丘村的……"

"不是!"

他愣了一下,接着问:"那您知道怎么上山吗?"

老人放下手中的杂草,用手捶着背说:"没听过。"

"哦,那谢谢您。"他准备离开时,看到老人蹒跚的背影,他想着不如帮老人锄完这些草再走吧,动作利索点应该不会耽误工作,于是走向前,拿起工具说:"我帮您吧,您歇会儿。"

老人惊讶地看着这个素不相识的人,说:"也好,你来吧。"说完,他慢慢挪到旁边的树下遮阳。

这边年轻人挥汗如雨地劳作,那边大树底下的老人安逸地打起了鼾。

过了许久,天色都快暗了,农田边上的杂草终于清除完了,"要不是我帮他,都不知道他一个老人家要锄到啥时候。"老人这时醒了,他揉着眼睛看着满身大汗的年轻人,说:"搞了这么久才搞完?"

年轻人先愣了一下,马上笑了起来:"我平时少干农活,动作比较慢。"

老人家走过来,看着他忙了一下午的成果,"哼"了一声就走了。

他对着老人的背影喊道:"老人家,天色已晚,您小心点!"

说来也怪,当他走过去推单车时,突然发现在山边的一角有个一人宽的入口。他还以为是自己眼花,走上前去,用手拨开树叶,一条山道出现在他眼前,"哇,刚才转了一圈咋没看到?"他自言自语道。

他推着单车走了进去,山道蜿蜒曲折,所幸道路还算好走。天色越来越暗,汗水浸湿了身上的衣服,风吹在身上顿感凉飕飕的,让他打了好几个喷嚏。他身子向前倾使力,推着单车的手有点哆嗦,乐观的他也开始有些动摇:"要是上了山,村民不让我进去,这荒山野岭的,万一叫狼给吃了……"他想起刚满月的女儿,心里有一些酸楚。好在没过多久,盘旋向上的道路走到尽头。他松了一口气,舒缓了一下筋骨,将单车停靠在旁边的空地上,他开始整理自己的仪容。

村口的匾额上用小篆刻着"北丘邨"三个字,两旁立着两座人形像,天色太暗看不太清,但做工极为精细,"这个村子不简单啊!"他有些吃惊。

光从大门缝里透出来,里面隐约传来对话声,听声音都是些家常的谈话内容,他走上前,喊了一声:"请问有人吗?"见没人应声,他又喊了句:"我是县政府委派到乡里登记的人员,到贵村来登记一下人口信息,请行个方便开开门。"

门内人声开始多了起来,他大概能听到一些:

"为啥要给他开门……"

"啥子政府?现在是哪个当家……"

"族长,他一个外人,咱们这里不欢迎'外人'……"

…………

他一时也不知道该不该插话,正犹豫间,门"呀"的一声打开了。开门的是一个身材高大的中年人,他粗壮的左手举着火把,一脸的络腮胡,面带敌意地问道:"啥子政府?!我们从不掺和外界的事,也不会做啥子登记!"

中年人声音低沉,奇怪的是一个乡村野夫居然面白如玉,高耸的鼻梁镶在深邃的目光之间,让人无法相信这是个日出而作的农夫。

"我是受人民政府委托来做个简单的登记,为了方便,你们以后有事可以找……"

后面出现了几个拥有同样面貌特征的男子，他们看上去比开门的那位要年轻，一拥而上："登记！我们从不与'外人'交往，你们'外人'总是不带着好意来……"

一个苍老的声音缓缓从远处传来："让客人进来吧！"

他们不情愿地开出一条狭窄的道，他带着忐忑的心情走了进去。

"一开始不觉得，进去以后发现房子都好大，而且他们都长得好高大！"老人事后回忆起当时的场面，伸出双手比画着对秦源说。

他们领着他向村里走，一路上他都在暗中观察这里的环境。道路宽得可以三辆吉普车并排走，两旁种植着许多高大的香樟树，散发出浓烈的香味。他透过火光打量着映入眼帘的房屋群，这里的建筑依山而建，悬挂式地分布在山的各个角落。房屋里的人探出头来看着这个外界的陌生人，他们五官立体的脸上没有笑容。

他依着盘旋的山路，费劲地往上爬，山路上的阶梯显然是为腿长的人设计的，矮小的他两步才能完成一个台阶。"我这小短腿呀"，他内心暗中叫苦，抬起头想看看这痛苦何时才能终结。

山顶上的那栋建筑比山腰周围的更显庞大，几根柱子支撑着一个巨大的圆顶，一条环形的河流围绕着屋子，他们一群人走上一座搭好的桥绕过河流进入正室。屋内的陈设简陋却很整洁，给人一种秩序感，让处在屋内的人产生莫名的肃穆。他放下正在擦汗的手，看着正对大门的塑像出神，他觉得有些眼熟,直到领他进门的男子回头瞪了他一眼,他才将目光移向别处。

一个身影从门的左侧走了出来,他同样高大魁梧,身上的肌肉线条明显,脸上留有比屋内的人更多的岁月痕迹。姜振华觉得他有些面熟,但说不上来在哪儿见过。

"族长!"男人们恭敬地低下头。

他盯着族长看了许久,站在身边的男子用愤怒的眼神谴责他的不礼貌。

身后传来稀稀拉拉的议论声:

"他们实在是可恶……"

"我们已经退让到这里了,他们还是不肯放过我们!"

"族长在想什么,居然放外人进来……"

族长咳嗽了一声,众人停止了议论。

"你来我们的领地是为政府统计人口?"

姜振华也学着族人的模样,低着头,恭敬地说:"是的,我前来为政府工作,请您和村民行个方便。"

族长看着这个身材矮小的外人,伸出手,摸着他的头,这个举动着实吓着族人们,他们面面相觑,露出一副不解的神色。

"你回去就说我们北丘村建成于北宋时期,人口不足五百人,遵循父系氏族生活方式……"

姜振华着急忙慌地从包里掏出笔和本子,笨拙的样子让族人对他放下了心防,他们渐渐散去,屋子里只剩包括他在内四个人。族长示意他可以坐在椅子上记录,这里的人长得高大，家具自然也比外界大许多，他费力地爬上椅子，望着这个一举一动都透着威严的老者……

"他们人挺好的，我的工作完成后，族长还亲自派人送我下山呢。"老人眯着眼，脸在阳光的照射下，纹路清晰而曲折。

秦源有些着急，语速加快地追问："他们除了高大就没别的特点，身上就没有佩戴什么别的东西？"

"嗯……"老人仰着头，闭着眼思索。

几十年前发生的事情对于一个老人来说，回忆起来并不简单。"他们每个人脖子上挂着一块发光的石头还是啥，"他用食指和拇指比画，"就这么大。"

安子举着照明灯，趴在桌子上观察："这个地图里真的那么神？"

吴城脱下脏衣服，用毛巾擦着脸："你小心点，别给弄坏咯。"

老齐看着一幅春秋战国时期的地形图，随手用红色图钉往上面做着标记，回头看着吴城说："要是解开了这个谜，咱们可都要自打嘴巴，集体失业喽！"

"嘿，我咋想起杨才子说的一句话来了。"

"什么？"

"大学宿舍里，咱们说起老子和孔子到底谁牛，他说都是牛人，但貌似老子更胜一筹……"

杨穆笑了一下，接着说："好比俩人走在同一条路上，老子走得远些，孔子还在半道上，哈哈哈……"

"想起来了，你还说假如老子那些著作不是假他人之手，而是他独自完成的话，绝对是个活了小几百岁的货。"

"要是孔夫子也有如此长寿，他的境界也会走到那一步！"

"当然这一切都建立在'老子'是个人，而不是一个世袭的号。"

"所以如果真有某种力量凌驾于人类之上，神仙之类的超自然现象，我是说如果，他肯定不会让人类活太长，啥都弄明白了也是件危险的事。"

杨穆看着他们三人聊得起劲，心里有些感慨，像是回到了大学时期那种畅所欲言指点江山的情形。

"老子……"他突然想起这个道家学派的开山始祖，"天地不仁，以万物为刍狗……"他喃喃自语道。

"我说在那个王道盛行的时代，他老人家反道而行之够酷的啊，难不成人家是活了千八百年的高人，早参透了！"

"道教超乎其他宗教的地方就在于它并没有给你个明确的目标，当然我说的是最初的老学。佛家说你这世修行，就会有福报！"

安子插嘴道："老学就像是引导式的教育，看着消极，实际上透着智慧。"

"刚接触老学，觉着它把人路都走绝了，然后告诉世人，你们完蛋了别瞎闹腾，好好找一地儿等死吧。"杨穆的话把大家都逗乐了。Krys 用充满崇拜的眼神看着他。吴城像是看出了点端倪。

"我总觉得他有些东西想告诉我们,但又不方便或者不能直接说,所以写的那些东西晦涩难懂,绕来绕去的。"他指着桌子上的一本书说,"'天地万物生于有,有生于无',这个'无'就让人回味无穷。"

他又露出那副在大学时就经常能看见的表情。

老齐还是做他的捧哏,在一旁搭话:"照你的意思,老先生倒像是个使者,专门负责'神'与凡人之间的沟通?"

"作用好比不周山。"杨穆拍着大腿说。

"传说人类可以通往天界的地方?"Krys 睁大了眼睛问。

吴城拿起一个塑料桶,往屋外走去,他掀开门帘,外面夜幕低垂,漫天繁星。这个临时营地设在北丘山西面的一块荒地,离之前的考古基地不足一里,他们就是在那里遇见叫李潇的怪人,吴城拿着从档案馆抄写下来的只言片语和那个叫姜振华的老人的口述经历文字档案,他总觉得这个老人并没有倾其所有告知舅舅。想到舅舅,他心里感慨良多,妈妈总说他是个呆子,一个不谙世事的书呆子,放弃那么好的晋升机会,留在这个小地方看守着一方小馆。

"或许舅舅并不完全是无辜的。"

当吴城说出这句话,杨穆有些吃惊,虽然他对此事也持有保留意见。"为什么?"他语气平静得让吴城觉得或许自己并不是唯一有疑问的人。

"那几十件文物的失窃或许与他无关,可那块玉璧,"

他停顿了一下,"我总觉得他没有把话说完。"

"只能我们自己找答案!"杨穆看着好友,目光一如读书时期那般深邃。

安子掀开门帘,用手搓着脸说:"今晚的风真邪门,人都要吹倒了,我可提醒你们,少喝点水免得起夜。"

圆顶吊着的灯因门帘进来的风摇摇晃晃,杨穆伸手抓住灯泡,灯影摇曳照在地图的左上角,他眼睛一亮,喊道:"你们都过来!"

"你们看这碎纸上的一角,"他拿起另一张照着玉石拓下来的图纸,"和咱们这张,是不是正好可以补上?"

凌晨三点半,大家睡意全无,坐在帐篷的角落里放空。吴城四仰八叉地躺在一个铺开的睡袋上,身材高大的他有半个身子贴在地面,喃喃自语:"搞不懂,真的搞不懂……"

"咱们先来理一理思路。"老齐坐在门口的矮凳上,看着这群脑袋打结的同伴。

杨穆从躺椅里坐起来,说:"好。"他拿起脚边的笔记本:"咱们得好好地捋一捋,不能走一步看一步。"

安子斜眼看着同伴又被重新燃起的斗志:"老感觉有人在背后掌控着我们……"

老齐不屑地回了句:"你别跟我说是'神仙'啊。"

"你们俩又想重复以前的争论吗?"吴城有些恼火。

"九州……九丘,你们觉得为什么古人那么喜欢跟'九'过不去?"杨穆含着根巧克力棒,一副无精打采的样子。

老齐恍然大悟，拍着大腿说："是啊，什么九字真言、洛书九宫图，就连观音菩萨一年四次生日都和九有莫大的关系。"

安子斜眼瞟着他，阴阳怪气地说："有啥好激动的，奇数为阳，偶数为阴，这个'九'是奇数中最大的数字，阳气最足。"

他撇着嘴，为自己的机智而窃喜不已："再说，长长久久，谁不中意。"

杨穆不乐意了，拿出含在嘴里的巧克力棒："人没要你讲这数字的来由，而是说为什么那么钟爱'九'，重点是这个。"

Krys 一副受益匪浅的神态仰视安子，帮着他说："原来是这样啊。"

吴城用手指戳安子的脑门："谢老师，科普得不错啊。"

安子摸着后脑勺，用童叟无欺的憨笑应付他们，压根儿不在乎哥几个怎么看："人美女在乎着呢！"

"你咋不把《西游记》的九九八十一难加进去？"

老齐用嫌弃的眼神看着害羞的安子："水浒一百单八将加起来也是九……"

杨穆推了老齐一把，这几天他俩像是吃了枪药，一直不对付。

安子岔开话题："在上古还分不清天地神鬼人的时期，他们就已经把天叫九重天，把天下分为九州了。"安子继续显摆道，"如山如阜，如冈如陵，如川之方至……如月之

第三章　　89

恒，如日之升，如南山之寿……如松柏之茂……"

"我就知道你会来这一出，瞧你把脸都给憋红了。"老齐从口袋里掏出一块水果糖，麻利地撕开包装纸往嘴里送。他人性格怪，饮食习惯也与常人不同，不喜甜食和水果，如巧克力、雪糕、甜点以及各类水果，但唯独钟爱水果糖。安子不止一次地问他："到底是经受过怎样的刺激才能养成一个齐正修。"

每当这个时候，老齐就会反唇相讥："你不爱吃鱼，看了鱼都害怕，怎么不怕吃鱼丸？"

吴城显然没心情和他们贫，他拿出白玉石，意味深长地说："我总觉得这块石头的边像是打磨过，"他指着玉石稍宽的一边，"这上面凹进去的部分应该有对应的一块。"

杨穆凑过去打量，果然在他指的地方有一排极不打眼的凹凸面，齿形深浅不一。

"可惜秦教授的那块已经不见了，不然咱们还有个参考的。"

安子冷不丁地推了老齐一把，笑嘻嘻地说："好在你小子机灵，在那个李潇身上摸出这么个宝贝。要是我，肯定只当是个废品给忽略掉了。"

杨穆接过玉石，拿着便携式小手电观察凹凸面，想着能有什么新发现。

老齐冷酷地说："在一个刚从荒野逃生出来的人身上怎么可能会有废品？"

Krys一声不响地走到杨穆身边，故作不经意地问："你看出什么来了吗？"

"要是以现在的市场价值来看，这块玉平庸得很，不值钱，"他举着玉石说，"但它颜色均匀、块度大、质地细腻，在古时应是制作薄胎器皿的材料。"

安子见缝插针地憋出一句："拿在手上沉甸甸的，纹路也清晰……"

老齐随手拎起放在身旁的伸缩抓地棍，冲着安子说："说，你继续说。"

安子抱头准备夺门而出，喊着："我又怎么啦。"

吴城乐了，夺下老齐手中的武器："这东西可不能用在他身上，老贵了。"然后回头看着站在门边观望局势的安子，"你就不能闭嘴，少叨叨两句。"

吴城仰头，将啤酒一饮而尽，起身准备回到帐篷内休息。

杨穆揉着眼睛掀开门帘走出来："到点了，你去睡吧。"

他低着头回答："嗯，你注意点。"

这个季节的野外不能生明火，Krys 从市集买了几个暖水袋，吴城觉得大老爷们抱着个卡通的取暖工具太丢脸，压根儿没用。

杨穆可不管这些虚的，拿着暖水袋到帐篷旁的烧水区灌水，他是轮第三班的岗，但昨晚闹腾到四点才躺下，脑子里装着一堆事，兴奋得无法入睡，就这么迷迷糊糊地翻来覆去，一看手机发现已经到了该起床的时间。他打着哈欠，鼻涕、眼泪一起下来，他一手拎着水袋，一手擦着脸："暖水壶的水还挺热。"

空旷的野外，营地的 LED 灯管如灯塔一般的存在，配上杨穆孤独的身影，像极了某部电影的情节，主人公在同伴的诱导下走上了一条没有尽头的路。他身子蜷缩在折叠椅里，腿弯曲地立在一张小矮凳上，打着哈欠，眼前的光亮仅限于周围不足五米的范围，远处就是一片暗黑。眼皮在安静和黑暗的作用下，变得沉重起来，身体的肌肉也开始松弛下来，整个人像冰块一样慢慢融化，肌肉渐渐远离核心肌群向躺椅周围扩散，眼皮还在顽强地和大脑做困兽之斗，眼前的视线变得模糊和狭窄，一道微弱的光仿佛在远处向他招手……

一阵冷风吹来，他一个激灵，大脑下达了一道指令，身体瞬间苏醒。

他揉了揉眼睛，"那道光……"大脑断片前的那道光是他最后的记忆，"黑灯瞎火、荒郊野岭的怎么会有光亮？大概是做梦吧。"

杨穆像是一夜没睡，俩眼袋占了脸的半壁江山，他的记忆力惊人，大学期末考试前每个人都在摇头晃脑地背课本，他只要闭上眼，书本上的字能清楚地在他大脑中自动过一遍。

"城儿，我觉得咱们找错地方了。"

"什么意思？"

"这个巫山不是咱们要找的巫山！"他严肃地说，"我一直在想这杂乱的线索中的共同点是什么。"

吴城吐掉嘴里的水,脱口而出:"西王母?"

吴城一大早召集队友召开第三次非正式会议,地点挪到了户外,大家蓬头垢面地席地而坐,中间铺了块板子权当是会议桌。

"这产玉的山多了去了,"老齐两眼无神,嚼着口香糖,"辽宁岫岩县的'岫玉',河南南阳的'独山玉',太多地方都产玉。"

"你们看这个玉,"杨穆掏出白玉摆放在板子上,"关于舜时代西王母献的玉有不同版本,有说是白环玉玦,还有的说白环之玦,但说最多的还是白玉琯,"他用拇指和食指夹住两头,"琯在古代是用玉制成的像笛子的六孔乐器,是调校音高的标准。"

"说到西王母居处,虽然大家都在争论,但一般都认为是在昆仑山无疑了。"安子接过白玉,"《世本》中记载:舜时西王母来献白环玉玦,《西山经》载:玉山是西王母所居也。"一时语快,他有些喘不上气。

"行了,你歇着吧,听杨大帅继续说。"老齐撇着嘴吐槽道。

"'以玉作音,故神人以和,凤皇来仪也',这句话你们都听过吧,"他又从袋子里拿出秦教授给的地图,"这座山像不像三只鸟?"

大家面面相觑,都以为杨穆压力大得精神出现问题了,安子拍着他的肩膀,想给他解压:"大帅,你需要休息了。"

看着大家近似同情的眼神,他也有点犯怵:"你们说像不像嘛!"

"像……像……"安子用口型示意大家伙别刺激这个大脑一时短路的同伴,老齐带头先说:"你这么一说,还真挺像。"

"哦,对,对。"大伙害怕他发疯会砍人,同词不同调地回答。

"上古神话中,鸟和蛇是神化影响最大的两种生物,伏羲老祖就是人首蛇身,《山海经》中说'三危之山,三青鸟居之',"说到激动处,他站起来晃动地图,"三青鸟可不简单,它们负责给西王母取食,所以常年憩息于三危山,"他转身看着吴城,"三危之山,你们应该知道我说的是什么了吧?"

有那么一小会儿,大家都安静了,谁也不知道是杨穆发疯了还是自个儿的大脑熬成了糊。

"三鸟绕峰,青鸟所解。"

会议结束,除了吴城跟得上他的节奏,其他人各怀狐疑地回帐篷收拾,"这山就不爬啦?"

安子愤愤地整理他准备的各种酷炫登山装备。

"你也别泄气呀,我相信神仙就该待在山里,所以此山不爬,还有他山要攀哪。"老齐笑嘻嘻地拿起安子海淘的声控手电筒,"太逗了,荒郊野岭、黑灯瞎火的还得吼一声,不觉得瘆得慌吗?"

"昨晚我值夜的时候看到了一束光,"杨穆小声地说,并指着自己左边的方向,"我怀疑有人跟踪我们。"

吴城下意识地摸了裤子内缝口袋,"自从我们赶回博物馆,我就有种被人监视的感觉。"

"有些话你得分人说。"吴城卷起图纸,留下一句话。

"谢啦,我会注意安全的。"安子脸上出现了少有的尴尬表情,就连和他不熟的Krys都察觉到他的异常,问站在旁边的杨穆:"他怎么了?"

老齐像个出来晨练的老头,转动脖子扭扭腰,"他和他爹说话是这样的啦。"

安子父母离异,父亲是商人兼收藏家,用富甲一方来形容比较贴切。母亲是文字工作者,离婚后安子父亲给了她一张"无限刷"的信用卡,她辞掉工作安心游历四方、写作。

"搞定了。"安子朝他们做了个胜利的手势。

"谢啦兄弟。"这回轮到吴城不好意思。他的越野车已经到了要报废的年限,根本没办法长途驾驶,在四川跨市都抛了几次锚,"是时候让它退休啦。"

吴城把座驾当作兄弟,车子是毕业的时候在二手市场买的,五成新,但他特别喜欢。老齐是个蹭车一族,也不忘拿他开涮:"这车都嫁过几回了,你还待它如初恋。"

安子龇牙咧嘴地冲他吼了一句:"谢你妹!"

Krys刚接触这个小团体的时候总是不太明白他们之间的互动,互相吐槽这都不算什么,杨穆说过他们毕业后两年都没联系过,可一个电话见上一面,就好得跟从未分开过一样。

老齐也跟着起哄:"谢啥呀,他爹那么有钱,不给他估计也是被年轻漂亮的姑娘给捞走,"他朝安子做鬼脸,"你说是吧?"

父亲离婚后身边围着一堆类似模特的姑娘,男人嘛,再怎么糟糠之妻不下堂,有时也抵不过漂亮姑娘一颗糖。

安子看上去油嘴滑舌不着调,但他从未找过父亲要车子、票子,每年回家也就待几天,聊聊生活学习各方各面,然后拎包就走,这次他向父亲借辆车子使使,他父亲肯定得乐呵几天。

"咱们去他公司取还是到个什么地儿等?"杨穆没工夫和他们唠嗑闲聊,他坐在加油站的饮食区做着笔记,一张张空白的 A4 纸被他画得跟康定斯基的画一样。

"他会叫人送到这里来,我说我们的车子坏了没法来回折腾,"安子父亲的公司设在西南地区的总部,就离这里不远,最多两小时路程,"咱们先把东西搬下来吧,再买点路上吃的东西。"

"先搬东西吧。"吴城闷闷不乐地提议,陪伴他近两年的爱车就要离开自己,多少有点不舍。他打开车子后备箱,安子上前帮忙,Krys 主动提出去便利店买水和食物。

"城儿,怎么了?"安子察觉到他的不快,接过他搬下来的登山包时问道。

"没事,有些累了。"这一帮兄弟为了他舅舅的事四处奔波,聪明如杨穆已经处于"半失常"状态;酷帅如老齐也从干干净净的白脸小生变成满脸胡子的大叔，头发造型取决于当天吹的是什么风；减肥多年未果的安子已经成功了一半，一个星期掉了几斤肉。奇怪的是 Krys，还是如此的美丽动人，要不怎么说底子好的人走到哪儿都像是一副经过精心打扮的完美外表，城里有城里的美，到了野外也有着野性的美，没洗脸可以说是随性，头发被吹得跟群魔乱舞一样可以说是凄美得惹人怜……他无法说出自己因为车子而伤心的话，毕竟这样太自私了。

老齐像个陪少爷读书的书童，在杨穆身边做着后勤工作，查查资料顺便在他感到困惑不解的时候在旁边给他鼓劲儿，其实这活儿安子干最适合，他是天生的啦啦队长。

"你说穆天子西征中的地理信息能信多少？"杨穆抬起头问这么一句没来由的话。老齐没想到他会问自己，有点受宠若惊，稳了一下自己的情绪，说："事儿肯定是有的，《山海经》和很多先秦的诗歌中都有着和穆天子西征中相似的事迹，以此可以互相佐证。至于见了神仙啊，世外桃源这些我可不相信。"

老齐是个无神论者，从李潇事件就看得出来。

"我倒觉得有些替它注释的著作还是可以一看，"他拿起杨穆绘制的其中一张图纸问，"你单凭几句话能整出这么多东西？"

还不到中午，一辆墨绿色的吉普切诺基开到了加油站，不称职的书童立马丢下读书的少爷，小跑到吉普家族的顶级座驾身边，"这车行走在荒野，肯定就和在城市驾车一样舒适和稳定，百公里加速只要 8.6 秒，最高时速 200 公里，"他摸着车辘辘，"17 英寸车轮，精准的转向操作系统将可接触的每一寸路面情况反馈给驾驶者……"安子不耐烦地打断他："够啦，不就是车吗？能开就行了。"

"能开就行？你知道这车配备了红外线双重区域恒温控制系统吗？不管是在炎热还是寒冷的地区，你都能……"一辆车就让老齐抛弃了以往高冷的知性男青年形象。

"哇，"吴城走过来查看后备箱，发现里面整齐地放置着几箱物资，"你爸还真细心。"

老齐也贴上去看热闹，"有一个喜欢和小姑娘约会的老爸还真不错，至少心思细腻，"他拍着安子的肩膀，"你这富二代隐藏得够深的呀。"

"我可从来没喊穷。"安子打开后备箱，准备清点箱子里的物资。"知道你不缺钱，但没想到这么有钱！"老齐化身成小女人，整个人贴到他身上说，"你讨厌了啦，明明有钱却非要靠才华。"

Krys 笑得直不起腰，吴城也被他逗得忘记了即将抛弃爱车的痛苦，有了这么高级还带有恒温功能和舒适驾驶功能的新欢，谁还会留恋那辆喜欢"闹脾气"的旧爱呢？埋头苦干的杨穆压根就没发现高级玩具的到来，Krys 悄悄地走过去，接下不称职书童未完成的工作，"休息一下吧，要吃午餐了。"

他还在自己的世界里与神话、山川神游，虽然抬起头放下笔，但外界影响不了他，仍然在嘀咕："巫山……三鸟山……沃民之邦……"她递过去一罐替他开好的可乐,这要换了别人得开心小半天,他居然只说了句:"我不喝百事。"说完,低下头继续工作。

她有些尴尬,不过还是返回便利店,顺便把开了的饮料给安子。安子趾高气扬地把易拉罐举得老高,就和花几个月薪水买个包的人一样,就怕别人没发现。

看来吴城的话对安子还是有影响的,至少他不能因为自己的原因而坏了大事。

司机交给安子一个中等大小的包,老板亲自嘱咐一定要交到他手里。他打开包,里面全是红灿灿的钞票,吴城瞥了一眼说:"够狠的,零钱都没一张,全是大钞。"

老齐一把夺过去,手在里边翻来翻去。"这儿有一个便条。"他把便条扔给安子,显然他对安子和他父亲之间的温馨互动不感冒,安子"切"的一声,表明自己对父亲的关爱根本不在乎,随手把便条放入裤袋,拿手往上面按了一下完事。

"一箱医药用品,一箱纯净水,两箱矿泉水,"吴城清点后备箱里的物资,"你爸还真是够细心的,水还分类。"

安子用一部分钞票把加油站的便利店几乎买空,店员惊恐地看着这帮灰头土脸的人跟贼似的往车里搬东西,吴城的力气大,一次能搬四五箱方便面。安子跟个仓库协调员似的,叉着个腰,嘴里叼着根烤肠,"这个多搬点儿,对,对,还有那个薯片也要。"

只有在这个时候,老齐才会认真听他说话绝不反驳。

Krys 不比那几个店员镇静多少，她站在安子身边像个老妈子制止拥有太多零花钱的孩子："太多了，这个太咸，我们不能过多地喝水，在路上一直……"

"弱水环渊……"杨穆还在纠结这句话，秦教授告诉他这里说的弱水大概指的是黑水，可是这与下一句"泑水之上"前后不符，他的头又开始痛起来，像是有个"紧箍咒"套着他脑袋。

"穆，你要去劝劝他们，不能再这么……"Krys 过来搬救兵，发现他捂着头表情痛苦，"你还好吧？"

他没看她，只是淡淡地回了句："没事。"

"是我做了什么错事？"她感觉到他的刻意回避和冷漠，"还是我说的话不合适？"

"真的没事！"他扶着桌子站起来，"是该有人制止混乱了！"他尽可能地快速移动，离开这个"麻烦中心"。

在杨穆的干预下，他们退了三箱方便面、两箱巧克力棒、若干薯片。一行人下午三点正式出发，吴城当第一轮的司机，老齐是副驾驶顺便陪聊，他对这台车的兴奋劲还没下去，不停地摆弄着中控。安子在后边一会儿喊冷一会儿喊热，但凡要经过坑洼不平的地，他都会露出一副让人想海扁一顿的神情说教："看看看，多亏了十七英寸的车轮……"

吴城一开始还很有耐心地附和，开了不到十公里，脸开始有些僵，最后只能拿头撞方向盘。安子坐在后排的中间位置，也不知道是有意隔开 Krys 和杨穆，还是真的仗着体形较大，坐在中间比较舒服。

安子表面平静地看着正前方，其实在拿眼斜视坐在右边的 Krys。左边靠窗的杨穆头痛好点后就进入自己的世界，开始新一轮与文献和资料的博弈。Krys 侧卧靠着车窗闭目养神，她已经两次拒接老板的电话了，这个时候断开联系，西恩肯定会和詹姆士抱怨一通。

"你不是已经在我手机里安放了追踪器吗！"

这是他们之间最后的一通电话，她对西恩早就没有复合的念想。自从三年前他把她独自留在蒙特港，用一条短信告诉她，他们之间完了。四个月前，他又重新联系她，如果不是为了挣钱，她是绝对不会再想和他见面的，"没有永远的敌人，只有赚不完的钱，哈哈哈"。他对她没有一点儿歉意，他知道她需要钱，谁又会和钱过不去呢？

"你还好吧？"安子看她脸色发青。她摸着脸笑着回答："大概是车太好，我都不习惯了。"她下意识地往杨穆那边看去，他自顾自地看着资料，她有些小失落。

不到两天的车程就进入了南疆，驾驶员换了两轮，老齐霸占的时间最长，直到最后他指着前面一辆天蓝色的小轿车笑嘻嘻地问："哎呦喂，前面的车怎么有八个轮胎？"吴城强行要他停靠在应急车道，换安子轮班。

第四章
CHAPTER 4

李潇的故事

　　李潇家在深圳，父亲经商有道，辞官下海短短十几年便积累了亿万资产，但也因此糟践了身体，年过五十便顽疾缠身。母亲为此四处打探名医，不论是参加各类医学界组织的研讨会，还是听信一些旁门左道的秘方去深山寻神医，极尽她之能事挽救丈夫。

　　入春的一日，她刚从西藏回来，一下飞机就驱车前往医院。这次她带回了一种据说是密宗加持过的神药，她相信只要是被高人摸过的物件都有非同寻常的功效，她看着车窗外飞驰而过的汽车，心里默默地祈祷希望这次能有效果。

　　晚上，司机拿着她的行李进屋，她心事重重地跟在后面走了进去。这是一栋闹中取静的别墅，屋内的装修极尽奢华，她丈夫爱好收藏古董，里面不乏花费万金买来的真品。司机打开门，嘈杂的音乐声随着门飘了出来，十几个打扮新潮的年轻人在里面喧声鼎沸地劲歌热舞。她面带怒色，高声喊道："李潇！"

李潇正在客厅的角落和一个面容姣好、身材火辣的女孩打得火热,他看到疲惫的母亲站在门口,像座将要喷发的火山。

"这都几点了,你还在这狂欢!"她声音嘶哑地骂道。

一伙人见女主人生气了,都一哄而散往门外挪去,只有几个小伙子走到她身边的时候,小声地说:"阿姨,对不起,我们先走了。"

她眼睛一直盯着跷着二郎腿的儿子,闪烁着泪花。司机将行李拖进电梯,留下在一楼客厅的母子二人。

"你父亲在医院昏迷了半个多月,你为什么不去看看他!"她指责道。

他拿起遥控打开电视,漫不经心地回答:"都昏迷着,我去他也不知道,干吗去呀。"

"你!他是为了谁才变成今天这个样的……"

"少拿那些话来让我内疚,我可没叫他玩命地喝酒、泡妞!"

父亲在商场上屡攻城寨,在情场上也没闲着,一直花名在外。

她看着这个冷漠的儿子,一时语塞,霎时觉得天旋地转,想伸手去扶旁边的柱子,一个慌神扑空了,整个人倒在地上,隐约间她听见儿子在喊:"妈!"

一辆橘色的悍马在山道上疾驰,开车的年轻男子蓬头垢面,他眯着眼靠香烟提神,副驾驶的位置上坐着一个正聚精会神看地图的男子,摇晃的车身让他头疼难忍。开车的瞄了他一眼,说:"别看了,你开了几天的车,让眼睛休息会儿吧!"

李潇折起地图,空洞地看着前方,不知道前方有什么大坑等着他们。

"这事儿靠谱吗?"开车的邢天意望着这一片尘土飞扬的天地,怀疑地问道。

李潇合上眼,有些答非所问:"我睡会儿。"

他们驱车去的地方是个小乡镇,镇上人口不多,虽然修了公路,但开车的人也少,外地车就更加难觅踪迹。

邢天意在镇上的一家小旅社开了两间房,他知道李潇是个养尊处优的大少爷,为了家人吃这奔波千里的苦已属神迹。他还记得在医院的豪华套间里,李潇的母亲在病床上拉着他的手,用拳拳的爱子之心叮嘱他路上要照顾这个少爷。

"潇,你住大的那个房。"他把钥匙递过去。

李潇没理他,直接问店家:"你们这个房间多大啊?"

"小地方,啥都没有就是房间大。"好容易来个生意,店家生怕这大城市来的人嫌小不住了。

"那我们只要一个房间,加床被子就行了!"

邢天意睁大了眼睛看着他,伸出去的手定在半空中。

一切安排好,李潇拿着行李准备上楼:"发什么愣啊,看了几十年的脸还没看够。"

他脸色发红,跟着他们上楼。

乡里的供电设备有限，一台变压器要供几十户人家使用，到了晚上经常电压不足，电灯忽亮忽灭的，让人脊梁骨发寒。

邢天意提起塑料桶对正看着电脑的李潇说："咱们好几天都没洗澡了，这'总统套房'可没私人淋浴间啊。"

他依旧一副冷漠的样子，在忽闪忽闪的灯光衬托下让人瘆得慌："你先去吧，我整理一下资料。"

"随你吧。"

邢天意是李潇的小学同学，他们的人生轨迹可谓是天差地别，他们的父亲原来是同一个政府单位的公职人员。严格说起来，邢天意的父亲比李潇的父亲还要高上一个等级，官途也顺遂得多，一路青云直上，直到坐上局里副手的位置。之后好运终结了，他父亲因为一个政府工程项目被人告发收受贿赂而进了局子，他们家毁了，母亲也变得精神失常，时好时坏。

读中学时他变得没有朋友，大家都排挤、孤立他，只有李潇依然和他玩在一起。李潇的父亲经商成功后，还会时不时接济他的生活。家里人也没有反对他在财物上接受施舍。

楼下的公共澡堂三三两两地聚集着一些侃大山的男人，他们互相搓背，聊着家常。他开始还有些不好意思，见周围的人都平常自然也就融入了这里的澡堂文化。

"听说川平乡又挖出了一个铜像，这个月可挖出了不少宝贝啊！"搓背的男人对旁边的人说道。

澡堂里雾气很大，男人用手擦拭脸上的汗水问道："啥个样子的铜像啊？"

"还不是和以前那个一样，眼睛又深又大，鼻子高高的……"

几个人开始你一言我一语加入谈话。

"我爷爷辈的时候就说过川平乡那边的山上住着一群神秘的人……"

"又瞎说，都没看见过，只怕又是一个野人的故事咯……"

"哈哈哈哈……"

讨论没持续多久，但邢天意注意到刚才那个男人说的话，他有意地往他身边靠，假装不经意地问道："大叔，你说哪个山上有神秘的人？"

大叔五十岁出头的样子，他正拿着毛巾搓脚，抬起头顺着声音看去："你个年轻的娃子，咋个想知道这些老人家的事。"头一低，继续忙活自己的事。

"我也是好奇嘛，听家里人提过，说这一带有好多稀奇古怪的事情。"

"你喜欢怪事，去神农架呀，那里尽是你们这些小年轻。"

"我去过那里，根本没啥子稀奇，哪有这里吸引人。"

他拿着桶往身上倒水，嬉皮笑脸地看着大叔，没有要打住这个话题的意思。

"真是拿你没办法，"大叔把毛巾往身上一搭，凑上去，

"这是我爷爷说的,我们家以前有块地在北丘村西面的山脚下。爷爷小时候经常一个人在那里一待就是一整天。他说有一次,看见一个小姑娘从山上跑下来,好家伙,简直就像飞起来那么快,就冲到我家的田里了。"大叔比画道。

大叔蹲得腿有些发麻,索性坐在地上继续说:"我爷爷跑过去想扶她一把,一看,吓了一大跳,长得尖鼻子大眼,漂亮是蛮漂亮,就是有种说不上来的奇怪,和周围村子里的人不相像。"

"然后呢?"邢天意睁大眼睛问。

"他还没缓过神来,山上又下来一个人,身材高大得不得了,把小女孩带走了呗。"大叔站起身来准备走,"不过",他像是想起了什么,他用拇指和食指比画着说,"他们走的时候,身上掉下来一个小玩意,蓝色的,这么大。"

套房里的李潇看着一块老旧的玉石,它颜色暗沉,圆形,看上去年代久远,因为上面刻的图案已经完全看不出原样。

一个月前,他母亲被他气得在医院静养,但其实他对母亲有着很深的感情,虽然表面一副玩世不恭的样子,私底下可是很心疼她。

"潇,阿姨的身体怎么样了?"邢天意坐在医院的会客厅问,他刚从西藏回来,一身黝黑的肌肉,结实而健美。

李潇两眼无神地看着他,也不说话。

他了解这个养尊处优的贵公子,表面上一副满不在乎,自由自在的模样，实际上是个患得患失，内心自卑的人。

"这次我带队去西藏，带回了一个会让阿姨高兴的消息，"他打开一个破旧的背包，在里面翻来翻去，掏出一块用黄布包裹着的东西，"就是这个。"他递过去。

能让母亲高兴的消息只有"神药"，一种能让父亲好起来的"神药"。他摊开黄布，拿起这块玉石，看了许久，问："这东西能吃？磨成粉还是打成浆？"

邢天意一副神秘的表情，见四周无人，他才说："这个可没那么简单，人家管这个叫钥匙，至于通向哪里，得我们自己去找答案。"

"潇！"邢天意拿着洗漱用品走进来，"不是说先睡吗，怎么坐着发呆？"他擦着头发，对着镜子臭美。

"哦，"他放下玉石，"就是想起以前了。"

"唉，"他长叹一口气，说，"别想这么多了，你能踏出这一步，"他拍着李潇的肩膀，"是真爷们儿！"

"对了，忘了和你说，明天我们要去见一个人……"他把澡堂里的事原原本本地告诉李潇。

夜深，李潇打开笔记本电脑，仔细浏览一篇署名"杨穆"的学术论文，这是他在大学旁听一堂"关于上古神话与神器"时所获。教授讲解时对于文中所述内容均嗤之以鼻，但这些内容却正是李潇所要的资讯。他课后找到教授，希望他能帮助自己找到这个传说中的神地。

"教授，"他满身大汗，拦住正要离开课堂的老教授，"传说中穆天子从西王母那带来的神器真的可以让人起死回生？"

"我刚刚不是说过了吗？这篇文章除了分析道家学问还有点可取之处，其他均是妄谈。"老教授推着眼镜，打量这个陌生的学生，"你是我班上的学生吗？"

他穷追不舍地问："如果没有神器，上古居民何来百寿而终？"

"我建议你去看看《上古历史神话综述》这本书，不要听了只言片语就来这里妄加揣测。"下课了，教室里涌来下一堂课的学生，老教授顺着人潮走了出去。

他合上笔记本电脑，看着睡得正酣的好友说道："看来这个叫'杨穆'的人写的东西并不完全是臆想。"

失踪的队友

二人围绕老村民说的目的地"北丘村"绕了两天，山看上去不高，却还是难倒了非著名登山能手邢天意。他在驻扎地准备新一轮的挑战，动作麻利、快速，李潇满脸倦容，在一旁洗漱。

"我怎么觉得那老头说的不太靠谱啊，"他昂着头，眯着眼看着近在咫尺的山丘。

邢天意将一个大水壶放入登山包的侧口袋，拔出放在脚边的刀具，眼神犀利地打量刀身。"他的话或许有些夸张的成分，但故事绝对是真的，"他陆续把绳索、打火器等装备放进登山包，确保没有遗漏，"一个从未走出山村的老头说的话，和我在西部听说的一个故事居然出奇地一致，你信吗？！"他眼神透着光，一种从未在他眼睛里出现过的光，这让李潇有些害怕。

"拿到钥匙就能通往永生。"

"潇，你顺着小道找入口，我去西边的山脚，两个小时后再回营地集合，"他朝西面走去，回头冲李潇咧嘴笑，"别忘了做记号！"

李潇的心今天跳得出奇地快，他来不及多想，"时间贵比黄金"，这话用来形容此时再贴切不过了。

今日照旧没有收获，昨天做的记号像是被什么人抹去，一点痕迹都没有。"这荒山野岭的，谁有那闲工夫和我闹着玩儿。"李潇觉得自己的猜测有些荒唐。回到营地，他简单地梳洗了一下，开始生火煮面，吃了小半个月的泡面，闻着味儿都难受。

天边最后一点光亮都退去，邢天意还未回来，他看着碗里煮成糊的面条，心里开始有些犯怵，"野外是他的主场，应该会没事。"李潇望着邢天意离开的方向，安慰自己道。

夜越深，李潇的心也跟着沉重起来，他坐在离帐篷不远的小山丘上拨弄对讲机，他不停地呼叫着队友，对讲机除了发出"哧哧"的声音外无任何回应。

第二天一大早，他收拾装备，把大部分的工具都打包好放进背包，做好了破釜沉舟的打算，一定要找到好友。一切就绪，他拉紧背带沿着西边迈开步子出发。

邢天意的路线是一条极险的山道。李潇甚至认为这条弯弯曲曲的小路是好友一刀一斧硬生生开辟出来的，还未走百米，他已经摔了两次，以前还嫌自己走的路线难走，他想起第一天回营地，一直在和好友抱怨，好友只是笑着安慰自己。

"一定要找到他！"

李潇咬着牙往上走，确切地说应该是爬。他掏出工具：一根伸缩的抓地棍和一把能劈开障碍物的刀具。两边的树枝把裸露在外面的皮肤刮出好多道口子，他没有多余的手去擦拭鲜血，只能不停地甩着头，他回头想看看自己手脚并用地往上爬了多远，身体突然失去平衡，往右边滚了下去。慌乱中他扔掉手中的工具胡乱地抓身边一切可以阻止他往下滑的东西，剧烈的疼痛让他不停地抓住又松开，反反复复之后，疼痛感开始变得没那么强烈，终于抓住了一根树藤。他喘着粗气环视四周，树叶遮盖了视线，他紧握着树藤慢慢地用脚试探自己离地有多远，他缓缓下地，拨开身边厚重的树叶，吓了他一大跳，不足一米之外就是悬崖，这条树藤救了自己一命！

李潇又惊又恐地往反方向爬去，没有了刀具他只能徒手去抓尖锐凹凸的树枝、藤条。走在悬崖边上的恐惧使他忘了肉体的疼痛，确保离危险足够远后，他才敢停下脚步。他找到一处倾斜的空地，放下背包，虔诚地对着救命藤条的方向下跪，口中念念有词。

望着看不到头的山顶和两手血痕，他想过放弃，临行前好友把他从西藏带回来的石头放在他上衣的密封口袋里，拍着他的肩膀叮嘱道:"潇,这个石头可是我的宝贝,你别弄丢了。"

"你自己拿着呗!"

"这个可是能救叔叔性命的宝贝,"他笑着说,"如果我们两个人只能成功一个,我希望是你!"好友咧着嘴冲他笑的样子一直在他脑中盘旋。

李潇紧握手中的石头,咬着牙与心中的懦弱搏斗:"决不放弃!"

天边最后一丝光亮也随着他的心情暗淡了下去,李潇半躺在倾斜的山坡上稍作休憩。他想起那篇论文中作者写的一段文字:"许多人认为'道'是产生无和有的一种混沌状态的虚无力量,我却认为这是通往解开人类之谜的关键……"

邢天意在工作室里和他争论过这块玉石。李潇人脉比较广,他要把玉石交给信得过的私人鉴定师,邢天意对此颇有异议:"我们对它还一无所知,要是被别人捷足先登了该怎么办!"他气势汹汹地走进位于关外的工作室,将一本《古玉图考》扔在沙发上。李潇正坐在电脑前查阅信息,没理会这个高中肄业生的怒火。

俩人相处无言了许久,李潇瞟了一眼歪着头生闷气的好友,说:"人来电话说这只是一块极其普通的玉石,以市场论一文不值,不过他用机器发现了一些花纹。"

"什么花纹?"邢天意把这个月牙形的玉石翻来覆去看了不下百遍,除了一些岁月的裂痕,无半点新奇发现。

"他等会儿把照片扫描了发给我。"

地图——这是俩人瞎叨叨出来的结果,虽然没有任何所谓的专家坐镇,但他们还是出发了。

"有钱真好!"

李潇只觉眼皮发紧,不一会儿便沉沉睡去,浑身乏力酸疼让他大脑一直无法停止运转。他脑子里全是关于好友行踪的猜想,像是个做不完的梦,他仿佛回到了安逸舒适的都市,大家都在庆祝他的凯旋,父亲和母亲坐在病房的沙发上交谈……

一个利器重重地划开了他手臂的肌肤,剧烈的疼痛把他从昏睡中抽了出来。他猛地睁开眼,面前却是一片漆黑,只见一把亮闪闪的金属利器在眼前晃着,他本能地滚到一侧,找障碍物躲避未知的危险。

慌乱中,李潇摸到一根一米多长的竹棍,惊魂未定的他有点分不清梦境和现实,要不是来人锋利的刀直直地砍在遮挡的树身上,他还以为这只是所有噩梦中的一个。

黑夜中的行凶人身材高大、强壮,他的刀砍得极深。李潇趁他拔刀之际慌乱地朝反方向跑去。周围没有一丝光亮,他喘着粗气,两手胡乱地拨开面前、两旁的树枝,任凭锋利的障碍物在他脸上、身上划开口子,汗水倒逆着肌肤渗入伤口,他也顾不得疼痛刺激着自己的末梢神经,像疯子一样地狂奔。

"未知带来恐惧。"

他一通乱跑,脑子里全是关于恐怖故事里的情节,"不要忘了你的初衷，"他沉沉地吸着气，试图让自己镇静下来，"天意还等着我呢。"

李潇找到一处凹进去的"避难所"，惊魂未定的他竖起耳朵和身上所有的感官触觉，试图感受陌生环境的变化，风在耳边呼呼吹过，远处传来几拨咕咕的声响。

最后静得只听得到手表嘀嗒的运转声，他才吐出一口屏住的气，整个人瘫坐在平地上。这个"避难所"是个环形的山洞，不深但面积很宽。他找了个靠边的地方挪了过去，掏出身上仅剩的物品，所幸腰包还紧紧地缠在身上，肥大的户外裤的裤腿口袋里还留有几个能量棒。他把所有物品摆在面前，边补充热量边整理，腰包里的有用工具还真不少。

"看来以后是这家户外品牌的铁粉了。"

山里的夜风吹打在身上，简直跟受刑没什么两样，咻咻的声音听得人心里犯怵。李潇长这么大没吃的苦今天全给补齐了，他自嘲道："苦还是要经常吃一吃，不然一起来，真有点架不住。"

腰包里的压缩防水外衣盖不住他将近一米八的个子，整个人蜷缩成一团，双手环抱双腿，也抵御不了寒风的侵袭。腰包里有野外生火的工具，但他不敢用，那个行踪飘忽的神秘人还不知在哪个角落里等着他落网。

"睡着就好……睡着就好……"

他安慰自己，手下意识地摸裤子暗格里的玉石。

"有它就有希望。"

陈年往事

秦源在看守所的日子和在博物馆时相差无几,每日清晨吃过早饭,能出监房在有限的空间里溜达半小时,看守所里的人对他这个学者也比较宽容,允许他借阅书籍和写作,甚至还能有限地使用网络查阅资料。

吴城他们走后,秦源有些内心不安,他不想让这几个年轻人卷入这场"麻烦"。

"这是我毕生的事业!"

三十年前,秦源学成归国,他和所有年轻人一样,想穷尽所学为国效力。因为各种原因,他不得不远离学术的中心,当时他的选择不多,一是下乡改造,二是发配到无人区,为科研机构打杂。

他满怀雄心壮志却出师未捷,现在索性来个跌入谷底,在妹妹的眼泪中来到新疆无人区。一开始,帮着科学家整理资料、归类文本,后来基地领导发现他做事效率高、外语好,就让他做翻译国外的学术论文等有技术含量的工作。时间长了,他也能自由出入一些高密区域。

九月的无人区热得让人浑身不对劲。秦源因为高强度的工作病倒了。整个基地工作人员外出考察,就剩一个连的安保人员和他。说起这个基地,其实颇有些神秘,他们研究的项目特别多,包括勘察地质、气候学、植物学、武器研发等,他这个半路出家的翻译有时候都觉得脑子不够用。

基地的人大部分都是板着一张脸,很难熟络起来,只有几个科学家闲暇时能说上话。他们的身份和秦源很像，都是海归的高级知识分子。老林是研究植物病理学的，赵理是业界研究量子力学的翘楚，老葛从事的是生物学领域的遗传学，还有一个是一位风度翩翩的高干子弟小罗，他没有遵照父辈的意愿和人生轨迹，而是选择远赴美国学习人类学。

老林在基地辛勤工作了十年，中途回上海治过病，听说是肝部长了个瘤子。本来大家都以为他不会再回这个地方，可不到一个月他说服了领导和家人，一个人带着所有行装奔赴祖国的边疆。大家都为他舍身为国的精神感动不已，只有老葛对他持保留意见。

只有他知道，老林得了绝症，且时日无多。

秦源在床上躺了半天，四肢虽然依旧无力但觉得头不那么沉了，挣扎着起来想去喝杯水。他扶着墙走到放水壶的门边，痛苦地弯下腰提壶，一个人影隔着门一闪而过。与其说是门还不如说是门帘，基地的资源有限且经常辗转各地，用门帘比较合理。

他纳闷了：基地的科学家不全都出去了吗？想到这个，他想起两天前，一个开着军绿色吉普车的军人走进基地队长的办公室，半天时间召见了几个科学家，老葛和小罗也在受邀专家之列。赵理坐在自己实验室的休息区，用夸张和丰富的肢体语言编段子，逗得秦源哈哈大笑。

"这一带的磁场有些奇怪……"

他拿着圆规在狭小的空间里比画。基地的科学项目比较多，虽然每个人都是业界的领军人物，但在这片无人区域，物理学家显然不在最受欢迎之列，更别说是神乎其神的量子力学。

秦源喝了一口水，还在猜测刚刚是自己眼花还是真的有人进来。基地的工作区域和休息区域是连在一起的，为的是方便这些日夜辛勤工作的科学家。他想起赵理说过，队长的办公室有一张图纸，挺神秘的，除了副队长无人得见。

他放下水杯掀开门帘，头还是有些晕，顺手拿起电筒走向基地的心脏地带：队长办公室。

接下来发生的事情无人知晓。秦源是躺在几公里外的沙漠被工作人员找到的，医护人员的诊断结果是片断性记忆受损外加一些皮肤灼伤。

一个月后，他才从集镇上的医护所回到工作岗位。大家看他的眼神有些奇怪，每日与人接触，他们都表现得心不在焉答非所问，与他交好的小罗、老葛他们也变得不像以前那么热络，他们像是在有意回避。

秦源也没想这么多，工作照常进行。

又半个月过去，他才发现老林没有来拿他那份资料。

他硬着头皮去老林办公室，遇到出来打水的老葛，两人照上面，秦源主动打招呼："老葛，出来打水啊。"他指着老葛手上的水壶。

老葛先是一愣，接着左看右看，干咳两下小声说："嗯。"就当是回应了。

"老林怎么没来拿他那份材料？"他不甘心，又继续追问道。

老葛眼神变得很奇怪，像是触电一样从他旁边的缝隙溜走。

这时候，秦源才算彻底明白：他们是在有意地避开我，这中间肯定有什么误会。

晚上躺在床上，他翻来覆去地回想这段时间自己是否做过越矩的事。过了许久，他有些困了，眼皮重重地耷拉下去，不久鼾声响起。

秦源脑子有些乱，像一团缠绕成结的毛线球，他站在基地队长的办公室门口，两眼无神地看着眼前发生的事：

老林背对着门，整个身体贴着靠墙的书柜，双手快速地拨弄里面的书本，汗水浸湿了他穿的的确良衬衣，嘴里嘟囔着："怎么不在这儿……怎么不在这儿……"

秦源叫着老林的名字，他像是没听见，继续忙活自己的事。

片刻，老林拿起一块墨绿色的石头，发出刺耳的叫声："找到了！找到了！"他像是发了疯一样地举着石头，亲吻它，抚摸它。

秦源走了过去，想看看他视若珍宝的石头，老林突然停止了疯狂的庆祝活动，深吸一口气，说："你不该进来的。"他单膝下跪，口中念叨了几句秦源至今没听懂的话，突然一道光闪过，秦源所有的记忆被切割成了片段，随着老林一同消失，像不曾出现过一样，飘渺于苍穹，散落至洪荒。

石匠人的故事

萨迪克的父亲伊玛尼是若羌县数一数二的石匠,经他打磨的玉石往往能散发出二次光芒。伊玛尼的手艺传承自他的祖辈,这种极具耐心和细心的活儿不是每个人都能胜任的,至少萨迪克不行。

昆仑山和阿尔金山地区拥有最好的和田籽料,萨迪克年纪小的时候就经常跟着父亲到玉龙喀什河边采玉。

"这籽料经过母亲河千万年的水流洗礼,表面光滑圆润,色泽滋润柔和,是上等的……"

"达达,我想去昆仑山上寻宝。"年幼的萨迪克一脸天真地望着远处山脉,光着脚在河边上踢打水流。伊玛尼无奈地看着独子,他想起自己的父辈留下的祖训:"唯有沉稳和无欲方能篆刻出玉石上品。"

"玉石匠人的手艺恐怕是要失传了。"他将几块白色、黄色的石块放进竹篓,轻声地叹了口气。

每年的四月是采玉人上山的季节,一直持续到九月,整整五个月的时间,小萨迪克见不到有讲不完故事的父亲。玉石匠人本不用做采石人的工作,他们只消耐心等待玉石商人送货上门,一颗颗经受大自然洗礼的玉石籽料便会成为他们手下巧夺天工的世间佳品。

伊玛尼的好朋友萨比尔是个不成器的玉石匠学徒,他的父亲也是远近闻名的匠人,可他没有伊玛尼的巧手,只能干起采石的营生。

入冬了，伊玛尼没有回来，小萨迪克等来的是萨比尔叔叔带来的噩耗：伊玛尼在最后一次探冰洞时，与外界失去了联系！

采玉人一同上山，共担风险，千人往百人返，百人往十人返是再正常不过的现象，尤其往昆仑山取玉，艰难之程度比肩西天取经，前途莫测，有的人因此发家致富，但因此倾家荡产甚至丢掉性命的事例更多。

这趟入山采石的冒险并没有带来可观的财富，但萨比尔还是把自己的那份给了伊玛尼的遗孀，数目不多但也足够缴纳小萨迪克的学费。大伙都为萨比尔的仗义叫好，若羌县的人口口相传：铁干里克乡的萨比尔倾囊救助好友的家人，是个大好人。

名声好了，邻里乡亲都愿意帮衬他的生意，几年间他的小店铺成了当地最大的玉石集中点，所有新挖出来的石头都会送到这里来鉴定、买卖。

发家后的萨比尔给了伊玛尼遗孀一份财产，足够支持小萨迪克读完大学，可惜小萨迪克属于那种天生安静不下来的人，他初中毕业就干起了买卖玉石的营生。

他和伊玛尼一样，能吃苦，跟着采石的师傅探冰洞，在稀薄的空气下寻玉石，在海拔近 6000 米的低矮窝棚里蜷缩着取暖、生存。几年下来面容清秀的萨迪克变得皮肤黝黑、干裂，眼神也失去了幼时和父亲采石时的光芒，年纪不大就已经把昆仑山脉附近的路线烂熟于心。

母亲觉得上山采玉实在辛苦且不是长久之计，想让他去萨比尔的店里跟个师傅学雕刻的手艺。

临行前，母亲交给他一个小箱子，里面是伊玛尼身为玉石匠人的所有技巧和研究，她叮嘱他不能告诉任何人。

"萨比尔叔叔也不行吗？"

"都不行。"

他背着军绿色的布袋，挥别母亲，坐上了去镇上的汽车，路坑坑洼洼的，尘土飞扬，颠了两个小时终于来到了萨比尔叔叔的家。

那是一个四层高的宅邸，典型的穹隆式建筑，整体呈白色，前院种满了杏树和桑树，侧院有葡萄架，上面种有不同品种的葡萄。

走进大厅，墙上挂着色彩鲜艳的围布，名贵的地毯上摆放着从乌鲁木齐买的沙发，萨迪克的眼睛都不够用了，他不住地惊叹："简直就是王宫啊！"

萨比尔张开双手，热情地迎接故人之子："我亲爱的侄儿萨迪克，几年不见你长高了，手臂也强壮了。"

"萨比尔叔叔，您还是一样的年轻和慈祥。"他恭敬地弯着腰行礼。

"走，看看你婶婶做了什么好吃的。"

萨比尔揽着他的肩，经过拱形的门框走进饭厅。

坐在饭桌上，喝过仆人端上来的奶茶，萨比尔的夫人笑盈盈地走过来，摸着他的头："亲爱的萨迪克，你都这么大了，母亲还好吗？"

简单的行礼和寒暄后,仆人们捧着餐具走了进来。不一会儿,桌上摆满了烤全羊、羊杂碎、油塔子、馕包肉、大盘鸡、熏马肉、酸奶疙瘩等十几种美食。

　　饭桌上,他们不停地给萨迪克夹菜。一顿饭下来,萨迪克的肚子胀得圆圆鼓鼓。走进客房,躺在柔软的铺着印度棉的大床上,感觉美好的未来就在眼前,萨迪克很快就进入了梦乡。

　　在萨比尔叔叔的店里还算清闲。每年都有固定的时间会很忙,其他时候就很轻松。萨迪克是店里的学徒,师傅们的手艺虽然比不上父亲,但也是当地较好的玉石师傅。萨迪克嘴甜人勤快,加上又是店老板介绍来的学徒,大家对他自然是喜爱,还有年长的师傅会有意撮合他和自己的女儿。但他心里早就有了爱慕的对象,自打那天在萨比尔叔叔的店里第二次(第一次还是小时候)见到阿里娅,他们一起在后院摘过葡萄,他的心里就再也没有别的女孩。

　　阿里娅刚从外地上大学放假回家,她出落得大方美丽,和她的名字一样,高贵的女孩。她似乎也对这个和她平时交往的男孩不一样的萨迪克很感兴趣,两人虽然经历和环境截然不同,但总能聊到一块去。可她的父亲却不这么想,萨比尔早就为自己的独女铺好了前程,她要嫁的绝对不是萨迪克这个穷小子。

　　这一天,萨迪克早早回到住处。本来他得和其他学徒一样,十几号人挤在狭小的宿舍里,可萨比尔却把大宅旁用作储物的小偏房收拾了出来,给萨迪克作住处。

萨比尔的老员工显得特别吃惊，私底下都窃窃私语，认定了老板估计是想把独生女儿许给这个从乡下来的故人之子。阿里娅放假没事也总爱往店里跑，和萨迪克似乎有聊不完的话题。

萨迪克一直想着找个时机和萨比尔叔叔提亲，但他一想到自己除了一间老家的旧房子和几亩寡地外，在城里还要依靠着萨比尔叔叔一家，即使萨比尔叔叔待他极好，也不至于会把宝贝女儿嫁给他这个穷小子吧。

"估计店里的伙计们都是这么想的。"

想到这儿，他有些头疼，阿里娅是他非娶不可的姑娘。可她家境优渥，又是有文化的大学生，萨比尔叔叔就是脑子坏了，也不会同意的。

自打告别母亲来到城里，他晚上总睡不好，老是做同一个梦。有一次，他和阿里娅聊起来，她好奇地问："有人说梦是现实的写照呢。你梦里有什么呢，萨迪克？"

"一个中年男人，握着被割断的绳子，困在冰洞里。"萨迪克一想起梦中的场景就头疼，"我觉得他像……"他欲言又止的样子，激起了阿里娅的好奇心。

"像什么？"

"我也不知道，就是觉得像，像我的达达。"萨迪克倒不好意思起来，好像从他嘴里说出来，显得特别荒谬似的。

"伊玛尼叔叔？"阿里娅有些吃惊，她记得以前父亲总是跟着伊玛尼进山采石。记得有一次，父亲神色慌张地回家，几天没说话，后来才知道是伊玛尼失足跌落冰洞，可当时她第一个想到的却是萨迪克。

"你只是太想父亲了，别想太多，萨迪克。"

阿里娅身上有一股力量，能安抚他的心，把他从混沌中拯救出来。

储物房昏暗，面积也不大，萨迪克进屋就往床上躺，浑身提不起劲，没过多久就昏昏睡去。

画面是从一个男人的背影投入萨迪克的梦境中开始的。男人身材瘦小，衣衫凌乱，他的背影开始抖动，像是在哭泣。

忽然，一声巨响，冰川开始移动，男人转过身来，走向萨迪克站着的安全地带，他握着拳头，一条天蓝色绳子随风萦绕在拳头周围。

"萨比尔叔叔？"萨迪克认出朝他走来的男人。

但萨比尔像是没看见他，面目呆滞，行走在烈风里如素雪般飘零。

萨比尔张开紧握的拳头，露出手中的物件。萨迪克对这个物件再熟悉不过了，那是父亲一直随身携带的白玉，他绝不会看错，即使看走了眼，和白玉绑在一起的绳子也错不了，这是母亲织了一个月，送给父亲的生日礼物。

他心里很乱，突然，萨比尔掩面哭了起来："你不能怪我，不能怪我……"

萨迪克为自己心中的想法而感到恐惧："为什么父亲的白玉会在萨比尔叔叔手里？"

"一定不是我想的那样，一定不是！"

他觉得双腿酥麻无力，想跑，想逃离这个虚幻世界中的邪恶之地，这是一切祸端的发源地，像青藤一般爬满了萨迪克的脑子，生根发芽，茁壮成长……

派出所，萨迪克的上衣被撕裂成几块碎片，像流苏一样肆意地垂散着，脚上的鞋子也不见了踪影，一只破洞的袜子底部也见了肉。

他两眼无神地盯着派出所的地板发呆，脖子像是无法支撑头部的重量，耷拉在肩膀上。

"萨迪克，我们现在以蓄意伤人的罪名将你拘留。"

他脑子一片空白，只依稀记得在萨比尔叔叔家见到那块熟悉的白玉，父亲在的时候时常叮嘱他："这块玉跟随我们家族已经上千年了，以后我会传给你，你再给你的儿子，世世代代，永不隔断，记住了，萨迪克！"

"世世代代，永不隔断……"

他在派出所一直小声地重复这句话。

入南疆以来，吴城总是昏昏沉沉的，身上像是背了千斤重物似的，压得他呼吸困难。

安子喜见平日里总是活力四射的城儿憔悴打盹的模样，一路上不停地拿他打趣，还美其名曰："我这叫日常'举手揶揄之'。"

老齐又连续开了十几个小时的车，上次还是被众人赶下驾驶座，醒来愤愤不平，"最宝贵的时光被莫名其妙地夺走了,搁谁谁不难受?"

"唉,我那丢失的六小时啊。"

安子实在受不了了,"这车送你了,别嚷嚷啦,"他还故意提高音量,"现在我宣布,这车从现在开始,属于老齐同志,以后你爱和它待多久待多久,没人干扰,行不?"

杨穆陷在思维宫殿里不可自拔,回过神来,也跟着笑了几声。

吴城又陷入了昏睡,像是被抽了骨头,剩下一堆烂肉,瘫在车的最后一排。

"我可是饿疯了,到了集市,谁也别拦着,我要放开了吃。"

安子眼冒绿光,在空间不大的车里比手画脚,声情并茂地向Krys形容烤全羊、羊肉串的美味。

"鲜嫩的口感,"安子模仿街边卖羊肉串,头戴无檐帽的维吾尔族男子,翻烤着架在炭火堆上一串串金灿灿的羊肉,"您要几串?"

路况急转直下,车身剧烈地晃动让吴城更加难受,他的身体从燥热到干裂,一股莫名的"气"在他体内横冲直撞,时而头疼欲裂,时而腹部肿胀。

"大家都以为你是天赋高,哼,"瘦削的男子狰狞地冲着悬吊在冰洞里垂死挣扎的人吼道,"以为我不知道?要不是有神器相助,你能踩在我头上那么久!"男子掏出匕首,"该轮到我了!"他像魔怔了一样,拼命切割底下男子用来保命的绳索,速度越来越快,冰洞里的躯体迂回地撞击冰面,血很快在冰面蔓延开来……

"啊……啊……"吴城大汗淋漓地从噩梦中惊醒,他挣扎着起身,看见前座的伙伴们,无不转过身惊讶地看着他。

"谁……谁要杀你?"安子惶惶不安地问。

吴城怔怔地看着安子,跟散了瞳似的,"杀?"

杨穆放下手里的稿纸,"你刚一直喊着'别杀我,萨……萨……'啥来着?"

"我觉得事情不对,"老齐的视线仍聚焦在前方,"还以为城儿只是累了,可几天了,他好像越来越困,都快忘了还有这么个人瘫在后边儿。"

"对,跟掉了魂儿似的。"安子补充道。

"杨穆?"Krys 用像是求救的语气。

杨穆除了躯体会动,醒着,偶尔能搭上几句话,其他和吴城表现无异,"今天找个客栈休息一晚,大家都累了,城儿身体素质是我们中最好的,"他看了一眼虚弱的吴城,"应该没大碍。"

赵子健的故事

远离喧嚣市区的山林里,一处建造精美的宅子,坐落在山崖边上,四周丛林密布,从远处看,很难发现在这原始的森林里竟有一座现代化住宅。

宅子呈中式古风,左右两侧均匀对称,西南角的空地上停着一架塞考斯基 S-76 型精灵直升机，表明宅子的主人平日里事务繁忙，并不是一个无欲无求的隐世者。

穿着黑色中式长袍的老者，正聚精会神地欣赏一幅水墨画，画中男子盘腿坐于松树下，手持笙箫，神色淡然安详，身后的奴隶手持竹简，嘴角含笑地侍候在旁。

乍看这幅画，与万千水墨画的风格并无二致，笔法也未见其出众之处，论画工，难登大雅，论意境，更是平平无奇。倒是那个站在主人身后的侍从有些特别，他五官深邃，鼻梁高耸，与传统画作中的男子形象风格迥异。

"老师，您的电话。"来人递给老者一部黑色的手机。

他缓缓转过身，接过电话，巨大的屏幕上显示："詹姆士 海外。"

"老师，那件事怎么样了？"电话那边的人语气急躁，但又碍于情面，刻意压低声音控制情绪。

老者动作缓慢，似乎没什么能让他情绪激动。他当然失态过，事实上，在他漫长的一生中，失态过两次，那是堪比洪水决堤的崩溃。即使在梦中场景再现，也会让他惊醒难眠，好几日都无法平复心中的怒气。

"这是属于我的！"

男子举着一块白色的玉，面露不可描述的异样，喉咙里发出"咕噜咕噜"的声响。

跪在他对面的人，用近乎绝望的语调，发出怒吼，"我这么信任你，"他用枯瘦的双手捶打自己的胸口，像是为某件事懊悔之极，"你会下地狱的！"

举着白玉的男子像是在另一个时空，对他的话一点反应也没有，口中自顾自地念念有词。跪着的人显然是非常熟悉他的动作，他已经无法阻止，只能跪地求超自然的力量显灵。

白玉这时发出一道绿光，二人怔怔地望着同一个方向，显然他们都没做好心理准备。

一道光之后，手握白玉的人像是从来没出现过一样消失了。

"我这边很顺利，"老者深吸一口气，"对了，西恩到哪儿了？"

"您不用担心，在这方面，他可是职业的。"对方显然是松了一口气，变得没那么焦虑和急躁了。

最近，老者总是拒接他的电话或拒回任何消息，这让与时间、股东赛跑的詹姆士焦虑不安。公司为这个计划已经停掉了几个盈利颇丰的项目，若还没进展，不只是詹姆士的地位不保，公司也会从科技新贵跌至破产深渊。

异域的集市别有特色。摆摊的店家男性统一头戴无檐帽，穿着"袷袢"招呼客人。

乡镇里各族人民杂居，以维吾尔族人居多，加上每年的游客数量呈直线上升趋势，他们对异地牌照的车子见得多，也就没啥稀奇的了。

第四章

"小土豪，"停好车，老齐拉住正准备往外冲的安子，"管好你的口袋，可别招惹是非。"

毕竟在人生地不熟的异地，露富都不是好事。

"我是智障吗？"安子下车，一溜烟就不见了。

杨穆抬起眼皮，想了一会，拍了拍老齐的肩膀，"你跟着他。"

"得嘞。"老齐依依不舍地离开驾驶宝座，三步一回头，矫情至极。

"我们到哪儿了？"

吴城不知什么时候醒了，缓缓地挪动长久没活动的腿，"唉。"他似乎也对自己的状态很不满，却又无能为力。

"快到了。"

杨穆伸了个懒腰，"城儿，要不要下车活动活动？"

"我也不懂，怎么会这么虚，"吴城自嘲地笑道，感觉连做出"笑"的表情都费劲，"真邪乎。"

杨穆看着他，又想起秦教授的叮嘱，"邪乎。"他心想。

"我需要去洗手间。"Krys快速地下了车。

"注意……"杨穆还未说完话，Krys人就不见了，"这一个个的。"

"大帅，我觉得身上带着的……"吴城挣扎着起身。

"快来吃啊，"安子提着，确切地说是抱着一堆东西，"香死了，趁热吃。"

老齐跟在后边，叉着腰，"累死了，"他喘着粗气，

"这货跟出了闸的斗牛,怎么拦都拦不住,疯子。"

"你说要你减肥跑步的时候,咋没这股劲!"

"诶,Krys呢?"安子放下食物,左顾右盼,看半天也没发现她的身影。

"她不在,我们就不能吃吗?"杨穆拿起一根肉串,吹了吹,"嗯,羊肉还是这儿的好,这肉质,感觉能吃下半头羊。"

一会儿工夫,就吃了三串,"这肉,保准城儿吃了,精神都来了。"说着,又拿起一把,回到车里。

"不行,我得去找找她,"安子临走时嘱咐老齐,"给我们留点肉。"

乡里的小巷子特别多,角落里经常蹲着三五人聚集聊天。"别盯着人看,"杨穆在入疆前就说过,"要尊重人家的礼仪文化。"

安子低着头,用余光搜寻Krys的身影。要是给老齐看见他这副怂样,怕得用一堆新鲜词去嘲讽他。

今天是当地赶集的日子,地方不大,但人乌泱乌泱的特别多,想要找一个人,还是有些难度。好在Krys的相貌和穿着比较容易辨认。

土路两旁的人群堆里混杂着各类方言。他打算沿着这个小岔路走到底,如果再找不到就只能打道回府,不然自己也很有可能会迷路。想到这里,他加快脚步,在路过其中一间土屋的档口时,余光不经意瞟了一眼,发现一个熟悉的身段,侧对着他,掩着嘴打电话。

"她和谁说话呢？"安子心里不安了起来，"不会是男朋友吧？"

他想起自己曾经问过她是否单身，Krys 淡淡一笑，轻轻拍打他的手臂，说："我单身。"

安子注意到她站的位置后方有个小门，应该能从档口的偏门拐进去。

"说的是英文，"安子捂着胸口，他觉得自己的心像是跳到了嗓子眼，"看来真的是……"

放下电话前，她说了句，"We were over。"

她长吁一口气，紧皱的眉头稍稍松开，她整理了一下自己的仪容，很快恢复平日的状态。

打电话时的 Krys，是安子从未见过的，那是一种复杂的情绪，常见于前女友的身上。他蹑手蹑脚地退回来路，既然她不想给别人看见自己的窘状，那安子也绝不能做那个让她尴尬的人。

"我觉得城儿得好好地休息，待在车里，晃晃悠悠的，"老齐看着吴城正吃力地撕开一块馕，掰下一小块往嘴里送，"乡下条件虽不好，但总能睡得安稳。"

吴城的状态不像是身体不适，问他哪儿不舒服，也只说是困、累。进入南疆前，他还开了好长一段时间的车，可就是在某个时间节点上，身体状况突然地急转直下，所有的改变都像是一瞬间的。

"你说会不会是……"老齐咽下一块肉，准备接着说，见 Krys 一个人走回来，"诶，怎么就你，安子呢？"

"他怎么了?"

"以后还是不要单独行动,免得一个找一个,谁也找不着谁。"杨穆起身回到车上,他现在心里装不下那么多事,压在他身上的责任太重,除了专注,别无他法。

安子没过多久也回来了,杨穆宣布在镇上找个客栈休息一日,大家其实都累坏了,也就没啥异议。

小镇有十几家客栈,大多是木屋结构。近年来游客增多,他们经营的项目也变得丰富起来。依靠纯净的空气和缥缈的云雾,远离尘嚣的寂静山谷,古老的河流,家家户户升起袅袅炊烟的景象,尤其到了夜晚,漫天闪烁的星星,以及日出而作、日落而息的生活方式,吸引了越来越多的游客,并形成良性循环。

这个季节层林尽染,万山红遍,河流绕村而过,依山傍水,树木林立,原木搭建的木屋错落有致,令人有一种看尽人间美景的惊叹。

他们虽没心情和游客一样骑马驰骋草原,在河边听崇山峻岭静静地讲述自己的历史,但美好的风景还是能短暂地舒缓一下紧张的神经。

"我发誓得再回来,"Krys 深吸一口气,"没有任务地回来。"她心想。

老齐安顿好吴城,也加入了安子的觅食小分队。杨穆一个人坐在客栈的小廊屋,细润的河流从脚下淌过,远处时不时传来骏马的嘶叫声,掺杂着风吹打树木声、人声,嘈杂却出人意料地静谧。

第四章

他打开秦教授的稿件和地图,很快陷入了自己的世界。

吴城醒了,他感觉像是睡了一场好长好长时间的觉,活力又重回身体,像是魂魄在外游玩已久,终于返回母体。不论是昏睡还是如今的精力充沛,似乎都不是他能控制的,他无法思考了,确切地说,能自主思考的时间越来越少。

"主人……"更可怕的是,总有一个声音在呼唤他,"我是不是疯了,"他站起身,推开窗户,眼前所见却不是美景,"我要疯了。"

"主人……"呼唤声又来了。"你是谁?"他头开始剧烈地疼痛,感觉房屋开始晃动,有什么东西正从四面八方朝自己袭来。

他开始跑起来,至少是感觉自己跑了起来。不知道过了多久,他才缓过神来,发现丛林密布,像是有千根万根的藤条缠绕在自己周围。

"不!"他定下神来,才发现那不是藤条,而是一条条在蠕动的蛇,确切地说,不单单是在蠕动,而是以他为目标,亦步亦趋地逼近……

恍惚间,他听见:"你不是主人!"

"你是谁!"

他感到大腿一阵冰冷,眩晕间他好像看到了两个人……

第五章

"是这儿吗?"

安子气喘吁吁地看着面前这片荒山,杂草四处疯长,没有一点人住的迹象。

杨穆看着手心上的白玉,它的玉身散发着透亮的光,颜色随着他的移动时深时浅。

"大门入口一定就在附近,召唤着它的子孙。"

他的话鼓舞了这群历经险阻、疲惫不堪的小伙伴,在经历了"神仙""神秘人"事件之后,他们急需一个积极的答案。尤其是身受重伤的吴城,虽说大腿动脉上的血已被止住,可连日来的野外艰苦生活让他无法静养,整张脸苍白消瘦,大学时期练就的饱满健美肌肉也失去了往日的弹性和光泽。

Krys 负责给他清洗伤口,她目睹了伤口感染、化脓、恶化的整个过程。老齐和吴城曾一度怀疑过她的身份,如今都随着这份细心慢慢地淡化。

"城儿,你再坚持会儿。"杨穆忧心忡忡地看着溃烂得一塌糊涂的伤口。

老齐拿着一大瓶雄黄酒，边走边洒在大家行动的范围："安子，把裤管扎进鞋子，这荒郊野外的你还在乎造型啊！"

微胖界的帅哥脚蹬一双橙黄的Timberland户外靴，裤腿儿卷了两层，露出脚踝的高度，头戴渔夫帽，Ray-Ban太阳眼镜的两条架子被折成了长短腿："这叫任凭环境再艰难，也要酷！"

老齐笑他："穿得这么入乡随俗，跟土生土长似的。"两人一路的"打情骂俏"倒是增添了不少欢乐。

杨穆严肃地跟他说："把裤管儿放下，"又指着一瘸一拐的吴城，"你要是被蛇咬了，能坚持得住吗！"

他可没有吴城的好身体，吴城能一口气跑个半马的距离，"我的优势是脂肪。"

"老齐，咱们做个担架吧，城儿怕是支撑不了多久了。"

荒郊野岭物资匮乏，可竹子、木头多得是，他们在半坡上稍作休整，安子和Krys陪着吴城，两人一个拿盐水冲洗他的伤口，另一个擦拭伤口的脓血。

杨穆把玉盘、玉琯交给靠着小山堆半躺着的吴城，他了解挚友的性格，如果把他当病人来照顾，他肯定不乐意。

"咱现在还少俩玉琯，怎么办？"

走远了，老齐才敢把心里的忧虑说出来。

杨穆皱着眉头神情凝重地说："我不担心进去，担心的是进去以后，里面是否真的有传说中的'通天梯'？"

他指着奄奄一息的吴城："咱们没有退路了！"

他们进入竹林，找到几根合适的竹子，杨穆拿出在巫溪县城买的开山刀,刀身长 1.5 尺,西南地区的山民用来开山路,砍荆棘、断树木所用。

竹子轻,砍打时竹身会晃动得很厉害,他站稳脚跟,深深地吸了一口气,然后以四十五度角用力劈砍下去会起到一定的缓冲作用。

"老齐,咱们需要的是两米多长的竹子。"他指着一堆长短各异,不合格的次品说。

他气喘吁吁地回:"我这劲儿白使了?"

"这几个可以留着备用。"他拣出其中几根质地坚硬的竹子。

老齐叉着腰,寻思着下一步:"咱们老祖宗可真不容易,养家糊口还得遭这罪。"

"这算什么,刚从猴儿变人那会儿,还没语言能力呢,就得互相沟通协作围猎巨型野兽呢。"

"这半年来发生的事我到现在都没缓过来。"老齐看着砍得良莠不齐的成品,擦着额头上的汗珠说。

回到出发地,安子和 Krys 已经在那里建起了一个露营地,吃了抗生素的吴城已经沉沉睡去,伤口也被重新包扎了一遍。

杨穆放下竹子,小声地对安子说:"把绳子拿出来。"

Krys 看着他们体力都快耗尽的样子,递给他们两条三角巧克力:"补充能量。"

"等会儿吧,"他接过二十多米的绳子,指挥小伙伴们开始干活,"结要打松点,不能硬邦邦的。"

大家开始在竹子上缠绕绳子，打完二十多个结后，才开始在结点上做固定，几个人忙活了十几分钟才把一个简易担架做得像那么回事。

吴城醒来，看着大家伙慌乱的样儿，干裂的嘴角就要弯到了耳朵根子："一个担架就把你们弄趴下啦。"一说话他的脸色从苍白上升到惨白。

杨穆的心重重地往下坠，他背过头去不忍再看他的脸，Krys注意到了这个细微的动作，她走过去，默默地把手搭在他的肩膀上。

"咱们几个数你综合素质最强啊，"安子在旁边一块稍平整的地上给他冲口服葡萄糖粉，"既有头脑又有一副好身板。"

杯中的糖水冷却后，他扶着吴城的头，一点一点地往他嘴里送："哪像我，除了帅，竟一无是处，唉。"

吴城呛了口糖水，老齐摩拳擦掌地在后边挥动双臂说："嘿，我这暴脾气。"

"齐哥，我这儿照顾病人呢。"

"哈哈……齐哥……"吴城边吐糖水边说。

杨穆也笑了，啃着巧克力的嘴上涂满了酱，Krys用手帮他擦掉了嘴角的巧克力酱。

安子瞟了一眼，嘟囔道："不带这么秀恩爱的哈。"

老齐用脚尖戳了他屁股一下："就你事儿多。"

杨穆躺在睡袋里怎么也合不上眼，他总觉得心跳得很重，像有个小人在里边儿欢快地跳动着，身体累极却无法入眠。脑子这时也越来越乱，想的东西也越发消极，恐惧开始蔓延至全身，体内的每个细胞像是集体奔走相告：这位爷快完了……他喘着粗气，坐起身，望着队友们全体"挺尸"。

城儿平躺着，受伤的腿部下面垫了个包，抬高伤腿利于血液循环流通，不会淤积在伤口造成坏死。安子缩成一团，嘴里含糊不清地哼哼。

Krys 安静得像只小猫，长发盖在她的脸上，随着细微的呼吸而上下浮动；老齐左腿竖起，双手交叉放在胸前，连睡觉都这么一丝不苟。

月亮的光照在他们的临时营地，杨穆看见一团影子在周围移动。"这里除了我们还有别人？！"他下意识地抽出放在腿边的开山刀，半合着眼，用余光监视着这个黑影。

安子突然打了个呼噜，舔着嘴巴："吃不了了……嗯……"

黑影和杨穆都被这个小插曲惊了一下，黑影好久没有动弹，在拱起的山堆后边"待命"。杨穆侧着身子轻轻挪动，想让自己脱离黑影的视线范围。黑影弯着腰，双手并作腿爬到吴城身边，打开双肩包翻了起来，也许是他太过专注，没有发现杨穆已经从拱形的山堆绕到了他后面。

月光的照射下，一把不锈钢刀架在了黑影的脖子上，黑影的眼睛被刀反射的月光刺了一下，整个身体立马僵直，不敢动弹。

"我的刀砍木头都如切菜般锋利，你这肉身……"

他的声音把大家都吵醒了,长时间的野外作业,大家都养成了秒睡秒醒的习惯。

老齐一个鹞子翻身,冲到"案发现场",安子嘴边的口水还未擦去,抄起家伙就上前:"敢趁我们睡觉搞偷袭!"

Krys 拿起手电,吴城离他最近,喊了起来:"李潇!"

黑影抬起头,看着他们瞪着大眼,拿着武器对着自己:"我只想拿回玉琯。"他嘴唇干裂得像是久旱的稻田,粗糙而裂痕分明,语气像是在哀求。

杨穆把刀从他脖子上移开:"看你的样子像是跟了我们一路。"

"我只想拿回我的东西……"连日的缺水、断食让他的神经有些紊乱。

Krys 从包里拿出三角巧克力,打开包装,送到他嘴里:"先吃点东西吧。"

他一口就吃掉了三分之二,拿着食物的手不住地发抖,安子递过水瓶:"喝点水吧。"

李潇嘴巴鼓鼓地嚼着食物,巧克力涂满了他的手和脸,接过水瓶,咕咚一口,未咽下的食物和水混在一起堵在喉咙,安子见他脸色发青,走过去帮他拍背。他"哇"的一声,全吐了。

老齐心疼地说:"咱们的干粮啊。"

"我没有骗你们,"他吃饱喝足,可以正常地交谈了,"我们第一次见面,我说的都是实话,只是……只是有一些细节……"

"所以你和朋友失散后,误打误撞进了那个神秘的村庄?"

故事讲完,老齐还是不肯相信神仙的存在。

"追杀你的人是谁?"吴城还是有点怀疑这个故事的真实性。

他回忆起细节,还是心有余悸:"我真的不知道。"

"会不会是当地的村民起了歹心劫财谋命?"安子插了句嘴。

"打斗中,我好像听到他说了一句话。"

大家伙齐声问道:"说的什么?"

他敲着脑门:"好像是'这个不属于你'还是'它不属于你'。"

"'它不属于你'?"

杨穆瞄了一眼吴城,两人心领神会地对视:"玉琯!"

李潇继续回忆道:"我以为是当时太恐慌产生的错觉,只顾着逃命,根本没细想。"

"后来就在山里迷了路,走不出去,放着工具的背包逃跑时弄丢了,口袋里的食物吃光了,开始找野果,"他搓着脸,"我害怕那个人再次出现,也不敢生火,最后是怎么被救的也不知道,醒来的时候就到了那个'村庄'。"

"那个神仙待的地儿?!"安子托着下巴,一脸的神往。

山顶上的建筑比山腰周围的略显庞大,几根柱子支撑着一个巨大的圆顶，一条环形的河流围绕着屋子……

房屋建筑群依山而建，悬挂式地分布在山的四周……

道路两旁种植着许多高大的香樟树，散发出浓烈的香味……

听完李潇的描述，大家的脸一会儿红一会儿白，他们听过吴城转述秦教授的话，两人用词虽不同，但描述的八成是同一个地方。

"你为什么要拿回白玉？"杨穆把话题带回点子上。

李潇看着吴城："我逃走之后，在县城的电信营业厅补办了电话卡，"他担心好友打他手机会联系不上，"我待在县城的小旅店里休整，我白天睡觉，天黑了就上街买入山的装备。休整的第二天晚上，电话响了，他说天意在他那里，要我一月之内拿玉琯换人。"

他垂下头，沮丧地说："如果不是我，他也不会遇到歹人……"

他双手掩面，抽泣起来。

"所以你又主动找到我们。"吴城挣扎着变换姿势。

"这其实并不难，我知道你们的工作单位，后来得知你们卷入教授盗窃国家文物的案子，"他指着杨穆说，"我没想到你会和他们在一起。"

"我？"杨穆疑惑地问，"我们认识吗？"

"我看过你写的《上古神话、祭祀与宗教》，里面有关于上古巫文化与玉器的内容。"

"这……"杨穆耸肩表示不解,"就因为这篇文章你就背起行囊,入山寻宝?"

"我对野人或外星人都不感兴趣,也不是要什么宝藏。"

他表情严肃,重重地吐着气说:"我只想救父亲。"

"天意从新疆带回的那个玉琯,就是钥匙!"他眼神空洞。

"钥匙?去哪儿的钥匙?"老齐好奇地问。

"通天塔!"李潇和杨穆同时答道。

一辆庞大的军绿色吉普车停靠在山脚下,高大健壮的驾驶者正卸下用粗绳捆绑的物资,他手臂粗壮得能赶上一般人的小腿,饱满的肌肉上青筋突出,让人绝不会产生与他发生冲突的念头。

挂在腰间的手机响了,他放下箱子,滑动屏幕:"老板。"

"不要跟得太近。"

他将车和部分物资掩藏在山洞深处,做好标记,用特殊药水驱赶可能前来抢食的野兽。

接下来他对自己的外表进行了一番改造,脱下防滑黑手套、皮衣,换上防雨登山衣裤,穿上普通的登山鞋,往橘黄色的登山包里塞进食物、工具和睡袋,一台单反照相机挂在胸前,任谁看了都觉得是一个独自上路寻找人生意义的背包客形象。

他自信满满地上了山,单人战斗是他最擅长的领域,

"真不知道老板为什么会要她插上一脚。"他不忿地想。可他怎么也想不到这是一个"螳螂捕蝉，黄雀在后"的故事。

"你还真相信世上有'通天塔''春山'之类的神地？！"老齐急了，"什么长生、升仙，村里住着一堆'人瑞'。"

吴城挺内疚的，看着他们跟着他卷入了这场充满未知和危险的探险。

安子这时忍不住插了句嘴："秦教授不像是会胡言乱语的人呀，他给我们的地图可是他研究了几十年的成果。"

"李潇，玉琯是怎么来的？"杨穆问道。

"是天意从新疆一个老人手里得来的，他说这个老人还跟他说几句话，"邢天意的善举换来了独居老人的信任，"'巨石之门'……'玉璧逆行'……"，天意在他面前提过，但他记得不是很清楚。

"'巨石之门'，"吴城跟着念道，"'三碧……'？"他想起舅舅向他提过的句子，但自己失血过多导致大脑也出现了短暂的失忆。

"三碧××？"杨穆想起了那本在旧书市场淘的破书，卖书的老人慈眉善目地向他极力推荐。那个时候杨穆连生存下去都困难，也不敢买别的二手书，却掏了九块钱买下了这本不知作者，没有封面和目录的三无图书。

吴城和李潇瞪大了眼睛看着他，齐声说："对！"

"这'巨石之门'应该说的就是一个大石头做的门，地点有了，"安子也被他们点燃了自己内心久藏的侦探家之梦,"'三碧'嘛,三个绿色的东西?"

老齐看着他们刚才上演的"大相会"戏码,好像逻辑上没有瑕疵,他咳嗽了一声,说:"估计就是那个叫玉琯的玩意儿,有仨,合一起就能打开个啥呗。"

几公里外,孤身徒步野外的人拿起手机,看着屏幕上的短信,咧嘴一笑,露出雪白的牙齿。

"大荒之丘,玉龙之源,"身着长袍的男子,对着远处模糊的雪山,若有所思地点头,"三乌绕峰。"

"原来如此……"他转身走进冰洞,对着地上蜷缩成团的人说,"我还真得多谢你。"

"那本书讲的是什么?"刚解手回来的 Krys 很快跟上了他们的节奏,好奇地问。

杨穆看书的时候抱着和看《聊斋志异》差不多的心态,打发时间,根本没抱深究的心态:"那书很奇怪,上面的字有大半都不认识,都是些远古部落的族号。"要他这个自称才子的人说还有他不认识的字也不容易。"我连蒙带猜了个大概,书是以第一人称写的,书里的那个人估计是某部落王子,那字儿真不认识,"他不好意思地挠头,"他的部落遭了灾,父亲给了他一个东西,让他去河的上游解决战乱还是食物的问题,他带着一哥们儿就上路了。一路上碰到了好多部落,还差点儿丧命,最后解决还是没解决我就不记得了,回来的时候,整个部落族人已经离开了,他又一路问啊找啊。"

就在大家听得入迷时,他打住了,安子推开老齐,挤到他面前,问:"最后找到他族人没?"

老齐拿起空瓶,往他头上一抡:"谁关心这个啊,就说刚刚那几个字。"

杨穆看着他们眼睛睁得跟猫头鹰似的,咽了口口水继续道:"就是酋长给某部落的信物,有人认为作者就是仿照河图的故事写的,"他指的是伏羲氏与黄河中出现的龙马图案,"整本书就那几个字能看得懂,像是故意放在那儿的。"

老齐两膀子抱着腿,"我怎么觉得是被人下了套。"

"不管是谁下的套,咱们都不是对手。"吴城吃力地变换着姿势。

大家都安静了下来,安子站起来活动麻痹的腿,开口问:"到底王子找没找到他的族人?"

高海拔的山峰常年积雪寒冷,没有生火的山洞里却没有寒意,洞里唯一的照明源是一个悬挂在冰洞沿角的"小绿点",男子走近"小绿点",伸手轻抚,眼神温柔得像是见到了久违的爱人。

"这一天就要来了。"

在"小绿点"的映射下,男子精致的五官一览无遗,皮肤白皙、细嫩,棕色的瞳仁深邃地镶在眼眶里,静静地述说着属于他的故事。

西南蜀地蛇虫剧毒，太子晋和亘生经过了几个月的艰难跋涉，终于到达目的地，苌弘洗漱整装在宅邸门口恭候。二人聊得投机，太子折服于他的学识，而他对太子的优雅和王者之气极为敬佩。苌弘的博学在西南诸侯国中享有盛名，各国君主差遣使者登门拜访求官，都被他一一拒绝。这次因为姬晋的到来动了登仕途、平天下之心。

男子紧握"小绿点"，额头的青筋根根突起："赵绾！"

太子身中剧毒，七窍流血地躺在牛车里，亘生轻托他的头，泪水如雨般淌落在他的脸上，没有了呼吸、脉搏，很快身体变得僵硬发紫。

浑身是血的苌弘手持利刃从树林里奔了出来，他抹去身上的血渍，跪倒在两人的身边，突然他眼睛一亮，他发了疯似的从已经呆滞的亘生身上夺下石头，嘴里念道："祁连之火，巫神之源。"

亘生两眼无神地看着他疯狂的举动，突然，石头亮了起来，苌弘把它放入太子口中，奇迹发生了，太子的身体慢慢变软，肤色由紫变白。亘生的心也活过来了，他使劲地摇动着太子的身体。

"没用的，"苌弘瘫倒在地，"要把太子送到'九重通天'之地，不然他不会醒来。"

一直蜷缩着的人醒了，他挣扎着抬起头，想弄明白到底发生了什么,男子注意到了他的动静。

"这儿你应该很熟悉吧。"

被捆绑着的人虚弱地问:"你想怎么样?"

某地,天气潮湿、闷热,男子从自己山顶上的住宅开车下山,这几天他一直睡不好,脖子上的玉琯扰得他心神不宁。玉琯能感知同伴,离得越近反应越强烈。

这些年每到特定的时间,他都会来到这里看望"老朋友",今年他绕道走了往年不会走的路线。博物馆里摆放的年代久远的青铜器,对他来说不过是日常用品罢了。他隔着玻璃看里面的一根金杖,一个英挺的男子形象出现在他眼前:

高大骏马上的男子有些紧张,这是他第一次在群臣面前展示骑射,左手握着4尺多长的金杖,上面刻的人头戴巫饰,右手抓着一条黑蛇,它咧嘴吐丝,尖牙锋利;右臂上站立着一只三足乌,它身子向前倾,两侧翅膀的羽毛拱起。一声号角,男子两腿一夹,"驾",奔向猎物……

玉璧微微地抖动起来,男子慌乱中触碰了玻璃,馆里的警卫走向前来喝止,他拉低棒球帽,连说对不起,转身快步走出室内,弯腰扶着墙面大口喘着气。

身后有人轻拍了他的肩膀一下,他回头,那人60岁上下,头发白中掺着几丝黑,中等身材,戴着一副木质眼镜……

他怜悯地看着地上的人,说:"不自量力,悲哀!"

太子神情安详,如沉睡般平静。
亘生着急地问苌弘:"苌君,这是怎么一回事?"
他指着白玉说:"此物非人界所有,有起死回生之效,太子乃凡人,能起死却……"
亘生用撕心裂肺的声调问:"能不死,为何却不醒!"他绝望地抱着太子,拼命地摇着他。
"太子也不是没有苏醒的可能。"苌弘的话终止了他的绝望。
"大荒之丘,玉龙之源……"
他闭着眼睛,表情痛苦,"泄露玄机,万劫不复。父亲如是说。"

邢天意做完例行检查后,挥别好友,独自登上最险的那条山道,他和李潇不一样,亲身经历过神迹的人就如同《圣经》里和耶稣接触过的人一样,有着坚定的信仰。

在新疆地区某镇待了一年,带队上山看雪峰,什么美景啊花草的,再美也架不住每天的重复。他厌倦了这种生活,酷爱探险、玩极限的资深玩家为了养家糊口也只能安营扎寨地从事固定的职业。

他在这里没有朋友,语言倒不是事儿,汉语在这个旅游胜地通行无阻。他只和隔壁住的一位孤寡老人在闲暇时才说上几句话。但旅行社的副经理悄悄地跟他说:"可别再和那个老人来往了,他是杀人犯!"

他没当回事,一个老人还能把他怎么着,管他年轻的时候是杀人犯还是混世魔王,都过去了。就像父亲年轻时候犯过错误,断送了前程,但这都过去了!

老人抽着他递过来的香烟,眯着眼在太阳光底下四处看:"今天的烟不一样呀。"

他心里笑着,"当然不同,这可是'昆仑',名贵着呢。"嘴上却说:"价钱不同不都是抽的嘛,您看看味道如何?"

老人动作虽缓慢,但点烟、吸烟、吐纳一气呵成,他看着老人享受的样子,心里特别舒坦。

"夺回玉琯,可得靠你了。"

一天夜里,他刚带队回到镇里,这次有个游客特别娇气,上山时有段路不太好走,愣是要他这个导游背着上去,他为了保住饭碗也只能干,"说不准还能给点小费呢。"他安慰自己。

回到山脚坐上大巴,他浑身疼得像是要裂开了,还得讲笑话逗这帮孙子。

回到家,他打开灯,翻着干瘪的小纸袋,嘟囔道:"小气。"走进房间把包放下,准备去洗澡。

"天意。"一个声音把他吓得不轻,他差点儿把包朝声音方向扔去。

"是我。"

他定眼看了看，原来是住在隔壁的老人："吓我一跳，您是怎么进来的？"

老人没回答，自顾自地说："你是个善人，值得我这么做。"

他还没弄明白，老人就从脖子上解下一块玉，缓缓递了过去。

他接过羊脂般乳白的玉，呆呆地望着老人。

"有些事，我要告诉你……"

"那个白玉不属于你！"

"不属于我？！"男子笑了起来，"那人没告诉你？这个自古以来就是我们族人保管的神器！"

乌云回到府邸，先洗漱更衣，再到西侧的祠堂向先祖禀报一天的行程，最后回书房继续"学习"。

夜晚的世界属于掌管与天神沟通的巫族，他们相信天神会通过睡梦传递给人界讯息。可乌云非常苦恼，他的梦里没有山川河流、神兽飞禽，也没有刻着字的动物从河里背着经文向他游来。只有一对母子，女人丰唇白齿，眼睛明亮如孤灯，你看着她就像看见荒野里唯一的光亮，无法转移视线。小男孩活泼可爱，他牵着女人的手，小嘴叽叽喳喳地说个不停。她拨弄着他微卷的头发，长长的睫毛镶在眼眶里，一眨眼像是满天星辰闪闪发亮。

母子二人是他的家人，"不合法"的亲人，父亲狠心地把他们逐出府邸，一开始他还能偷偷地和他们短暂相处，父亲去世后，他接过父亲的衣钵，继承了巫族首领之位，便彻底失去了联系。再见面是在王宫的庶府，他一眼就认出了这个脖子上戴着玉芯的孩子，巫官的权力再大也不能让一个身份卑微的奴隶成为主子，但可以给他找个好主子。

"区区凡人怎么能承受这玉带来的伤害！"

"求大巫师救救太子吧！"亘生衣衫褴褛地跪在乌云面前。

乌云面无表情地看着昏迷的太子，再看着亘生："我没有起死回生的能力。"

亘生双眼通红，身体发抖地哀求道："大巫师上能通天，求大巫师向天帝说情，用亘生的命去换太子的命。"

乌云胸中燃起了一团火，他呵斥这个大胆的奴隶："你们擅自做主，将太子变成现在这个模样已是大罪。"

"天命不可违！"

山腰处树木丛生，再往上走可就草木凋零，气候寒冷了，金发男子蹲在河流湍急的岔口旁洗脸、装水。山道狭窄，一不小心就会失足跌落悬崖，身材高大的壮汉走在这蜿蜒曲折的小道上显得笨拙、迟钝。

他准备了足够的食物和野外生存所需要的工具，最重要的物件放在背包最底部，是用木质方盒装着的玉璧。

郢都。

楚君审和大臣为选定继承人事宜争论不休,令尹子婴坚持长子招继承王位,缘由有三:一则年最长,遇事会比幼子冷静;二来招文韬武略,静能文,武能用兵;三是招的母亲来头不小,是晋国国君的女儿。在天下局势变幻莫测之下,与晋联盟,自保的同时还能威胁吴国等周边国家。

大司马谷臣反对,认为公子围有楚国先祖之气,勇而不莽,能屈能伸,精于与各国使者斡旋,待以时日,必能成就霸业。殿前大臣们吵得不可开交,除了公子弃疾尚在襁褓未有大臣提及外,三子比和四子皙都有各自的支持者。

楚王审性格温和,属优柔不决之人,此时他也急了起来。一个下午的商议,最后以各家大夫数落对方图谋不轨的行径收场。回到后殿,继承人的问题还萦绕在他的心头,对着满桌子菜肴也是难以下咽。王后知道他的心事,但身为长子的生母,她不好多说什么,以免干扰楚王的判断,嫁给审之前就听人说过,他从小就是个孱弱心慈的王子。

"君还记得先王提过的祝融玉璧吗?"她对着愁眉苦脸的丈夫说。

"祝融玉璧?"他听着耳熟,祝融是楚之始祖,楚先民起于祝融之墟,其中一支的后裔协助周王伐纣,受封后南下建国。

"此玉璧通人性,能感知事物之良善凶恶,先祖协文王反商之前曾沐浴更衣,在明堂询问玉璧,得到吉兆才敢带领族人出征啊。"

"王后好记性！寡人要宣大巫师赵绾前来商议！"了却心头大事后，他放下竹筷，敲起爵哼起了楚调。

"你不能拿出盒子里的玉璧，这是警告！"电话里老板这么吩咐西恩。他也一直是这么做的，"您放心吧。"他才不在乎这些古董玉器，除非有人能出更高价格来他这儿买，不过詹姆士给的价格够可观的，他没必要破坏两人长久以来的合作关系。

"玉璧曾助先王成就霸业，"楚王极力说服站在面前的大巫师赵绾，"先王继位之初庸碌无为，贪念酒色，令尹若敖氏家族一手称霸楚国，幸得此玉璧突显灵性，我楚国才得以在中原称霸一方！"

赵绾还是不为所动，身为楚国大巫师他当然知道玉璧的威力，楚国先民起于祝融之墟，这块祝融玉璧是先祖颛顼从黄帝那里继承的神界宝物。

"王可知祝融玉璧的害处？"

楚王摇了摇头。

他继续说："玉璧能助为王者成就霸业不假，可王不知，此玉璧会耗损王气，殃及子孙。"

此话不假，楚国的国运自庄王渐衰。

"寡人自幼体弱，不知何时寿命将至，留有几子，不知谁才是我楚真主。"楚王审性格与其父相去甚远，善良得有些懦弱，心胸宽广得近似迂腐。

"你们听过伏羲洞吗？"杨穆突然问。

吴城身体呈130°角，双手当枕头望着头顶的繁星："你说的是西南地区传说可以起死回生的洞穴吗？"

"据说遥远的上古时期，人妒忌蛇，它们进洞脱层皮便如重生，人向天神祈求也要有这种待遇，神答应了，后来世间人满为患，人又请求天神收回成命，这个洞就封住了。"杨穆认真地科普道。

"所以，现在是睡前小故事时间吗？"老齐撕开一个棒棒糖，递给吴城。

吴城摆了摆手，不解地问："这是西南民间传说，当做神话故事听听就好。"

"你们看，"他掏出泛黄的地图，指着地图左上角："这是不是用甲骨文写的'伏羲洞'？"

字体小且模糊，又处于图纸的边角，很容易被人忽略。杨穆对甲骨文的研究还没有安子深，安子一听到"甲骨文"三个字，像个毛遂自荐的士兵主动请命做前锋。他拿出手电照着那几个皱皱巴巴的小字。

"杨大帅说的没错，但你看漏了，地图上可不止一个伏羲洞，"他骄傲地挥着手中的地图，"不过他们不是同一时期写的，字体都不一样，看来这张地图易手好几次了。"

"奴曾亲眼看过大巫师在祭祀大礼上与天神对话，然后王子贵就从重病中苏醒了，"亘生扯着嘶哑的嗓子，跪地苦苦哀求道，"太子是周先祖派来拯救苍生的济世主……"

乌云重重地叹了一口气，他的眉头从放弃爱人伊始就再也没舒展过。"亘生，"这是尊贵的大巫师第一次直呼一个奴隶的名字，"若真心想救太子，唯有'大荒之丘，玉龙之源'方有解药，不过，"他僵硬的脸看了一眼气息微弱的太子，"太子恐难支撑，可先寻到伏羲洞，可延缓时日。"

如获重生的亘生接过大巫师递过来的金帛，竟激动得昏厥过去。

老齐含着被人嫌弃的棒棒糖，像大舌头一样口齿不清："我希望这个故事是真的，要真有这么一个洞，城儿的伤就能好了。"

安子满脸愁云地盯着地图，"如果没猜错，这张地图最初绘制的年代不可考，"热衷于收集青铜器的他对各个时期的文字是再熟悉不过了，"李潇，这张地图到底是谁给你的？"

"这就是全部的故事。"老人用苍老的声线述说着家族的历史，他淡棕色的瞳仁像是时光机，把听故事的邢天意带回到那个遥远的时代。

"咚，咚，咚……"隔壁传来一阵敲门声，邢天意起身想去瞧个明白，老人微笑着制止他。

"我交给你的东西，请保管好。"

老人打开后门,回头,再一次叮嘱:"黩武莫取,善者为道。"

"看来只有找到邢天意,才能解开这伏羲洞穴之谜。"

吴城半睁着眼,月光照在他苍白的脸上,更显虚弱,Krys拿着靠枕垫在他腰下边。

"我有点不明白,"杨穆看着李潇,"你们为什么会去西南小镇?"

"北丘村就有一个伏羲洞。"他的话让在座的人大吃一惊。

经过一夜的惊恐无措,李潇的心智已有了极大的改变。他沿着山道继续向上爬,手里的竹棍是唯一的防身利器,腰包里的能量棒快要吃完了,他得为下一顿做打算。

从营地看这座山非常普通,郁郁葱葱的树木,不甚陡峭的山道,是个适合举家外游登高的胜地。

上了山完全不是一回事,山中的树木锋利杂多,横七竖八地阻挡在陡峭的路中间,他的裤子快被割裂成齐膝小裤衩了。他还记得刚和天意来到山脚时,天意拿着地图是横看竖看,怎么也不相信这眼前看上去友善的山就是地图中绘制的那座藏有伏羲洞的神山。

吃完最后一根能量棒,他抱着"与此山长眠"的心态继续上路,人到了绝境反而没有了先前的恐慌,疲惫和对未知的恐惧也渐渐消散,整个人就像跑完马拉松一样亢奋。他把所有熟知的流行歌曲都哼了一遍，突然一条岔道出现在他的左边，那是一条在悬崖边上的险道，若是以前的他，定会放弃险道而选择最安全的路线。但他现在可以说是一无所有，处于弹尽粮绝之境。

"还有什么能失去的呢？"他自问。

他拍了拍胸口为自己壮胆，把衣服的拉链拉紧，鞋带重新绑了一遍就朝险道挪去，"现实很残酷。"他脑海里自己应该是昂首挺胸地大步奔去，可脚步往外一迈，整个人连站都站不稳，最后只能采取"老年人战术"，巍巍颤颤地一小步一小步地挪。

险道向悬崖外倾斜，看上去常年没人走动，上面的沙子和石块整整齐齐地覆盖在山道上，他横着身子贴着靠山的一边，小心翼翼地挪动身子。他不敢朝外观望，耳边传来沙石跌落山崖的声响，让他双膝发软，心惊胆战。

李潇回忆山道之险时仍声音微颤，"后来才知道，这是里面的'人'设给外人的关卡。"

挪了不足百米，倾斜的险道突然出现一个坑陷，有五米多长，脚下是不断往下滑的沙石，进的话危险系数达满星，退，危险系数会降至六星。

"还有什么能失去的呢？"

他用曾经细嫩现在已满是伤口结痂的双手攀住一处凹进去的岩壁坑，手掌大小，下肢没有支点，只能靠腹部的力量悬空着前进。

"收紧你的背腹肌,稳住,注意平衡!"

大学时期为了追一个女孩,他曾经短暂地学过攀岩,不过那只是室内攀岩,身上绑着安全绳。

"李潇,你的膝盖不要碰触岩石面,要像跳芭蕾舞一样踮起脚尖!"

他从来都不是一个有耐心的好学生,去了两天就放弃了。

"同学们要记住,省力对于攀岩是最重要的,就算你的肌肉很发达强壮,下肢再有力,一味地用蛮力很快你就会被疲惫打倒。"

果然他很快就上气不接下气地喘着粗气,手臂开始无力,渐渐地麻木,如果再不到达目的地,他很快就会失去抓握能力,掉落悬崖。

脑海在快速倒带,希望能搜寻到点滴的记忆帮助他渡过难关,"运用你的双腿,像芭蕾舞的脚尖,膝盖远离岩石面,向上伸展,尽可能晚点出手,让你的身体像弹簧一样伸展……"

他整个身体绷得很紧,稳定呼吸,尽量不让自己的呼吸节奏慌乱而耗费更多的体力,双脚也找到了支点,弯曲成弓形的身体可以让他在挪动的过程中休息片刻,蓄力再发。

"坚持!还有不到一米。"汗水滴入他的眼睛,一阵刺痛。整面凹进去的岩石崖壁在最后关头增加了难度,要耗费更大的体力才能攀爬到达目的地,手臂肌肉因为充血而紧绷,手指已经变得血肉模糊,他咬牙奋力向左上方跃起,以右手为支点,缓慢小心地伸出左手,稳稳地扒住一处突出的岩石块,左脚也跟着移动过去……

他跪地喘息,全身每块肌肉群抖动不止,"感谢地心引力!"耳边回荡起某电视栏目的画外音,"这都要感谢大自然对我们的馈赠。"

回头看了一眼来路,他真有点不相信自己能跨越这么险的崖壁,"人体潜能的开发将会成为我们公司的重大项目。"他记得在电视上看到过的一间叫"Space"的美国公司负责人激情洋溢地向来参加产品发布会的人介绍。

"我们是不是应该整理一下已经得知的信息?"Krys 打断了李潇自述历险记,"我们的敌人还在暗处,而且,有可能不止一个。"

安子第一个回应:"对!咱们得先把已知的线索整明白了。"

老齐捂着耳朵,斜着脑袋,看着像打了鸡血的安子:"吓我这一身汗。"

"城儿,你把那包东西拿出来,咱们清一清思路。"杨穆也同意他们的意见。

吴城在 Krys 的帮助下才能挪动身体,拿出压在身后的包裹,大家举着手电围了过去:两张破旧的地图和一块属于邢天意的玉琯。

"李潇,你不是说那个叫萨迪克的老人交给邢天意一个盒子吗?不可能只有一个玉石吧?"

"我们是一个人拿玉石,另一个负责保管地图。天意说那个盒子里还有一些杂七杂八的图纸。"

"图纸上写了什么没有?"

李潇摇了摇头,说:"根本看不懂。"

杨穆拿起稍新的纸质地图,这张是秦教授给他们的图纸,背面有他多年的研究成果,"舅舅一直认为'巫山'就在这里。"吴城说。另一张是锦帛制的地图,是他们从档案馆"借"出来的,安子对老实的杨穆说:"咱们用完了还回去不就得了,反正放在角落也是落灰,咱们这叫'废物利用'。"

"找到'春山'就能找到偷取玉璧,栽赃秦教授的人,"他看着李潇,"也能找到你要找的人。"

"是呀,说不定还能拿到传说中的'不死药',你父亲就有救了。"安子拍着他的肩膀安慰道。

"我有种感觉,绑架邢天意的人和盗取玉璧的不是同一伙人。"

大家看着吴城,问:"为什么?"

"能打开'巨石之门'的钥匙肯定不只一把,那个在北丘村山脚袭击我们的人肯定和绑架邢天意的是同一人,他要的是我们手上的白玉。"

"那盗取玉璧的又是谁?"

"舅舅说过,知道玉璧在他手里的只有一个人。"

"谁?"大家齐声问。

"赵子健!"

新疆和田机场，一架达索猎鹰900的私人飞机在夜幕中降落，机身两侧一共十二个舷窗，机上除去机师和空服人员，只有三位乘客。坐在机身后段的乘客正饶有兴致地喝着红酒，他面带微笑地望着窗外模糊的山景，左手食指和中指夹着杯茎，顺时针在面前晃动着，看来他对这次旅途充满信心。中段的乘客是一位头发银白的老者，络腮胡长至肚子，他正闭着眼睛养精蓄锐，时而从他鼻腔传来一首小曲，手指在面前的餐桌随着节奏打拍子。坐在老者隔壁的年轻人却没有他们来得轻松，他像是身上长了某种寄生虫一样，坐立不安，时而扭动身子扯着身上的长袖衬衫，时而站起身调整裤子的位置。坐定后，望着面前已经黑屏的笔记本电脑出神。

茶室气氛平和，像所有用过晚餐的家庭一样，坐在客厅闲聊消食。

老者背对着林桓，望着窗外的公路，他回过头："你长得几乎和你父亲一样。"

"我从未见过他，"林桓冷静地说，"我也不认为您认识我父亲。"他目光冷峻地直视老者。

"哈哈，"他面带微笑，不避开这种直接了当的挑衅，"这么多年了，你就不想弄明白这一切吗？"

林桓的嘴角微微抽动，他右手摸着鼻梁，目光变得飘忽不定，很明显，他的内心正经历一场"暴风雪"。

"弄明白什么，他是为了国家而牺牲的，母亲和我为他感到骄傲。"

老林走的时候，他还不到两岁，那段时间不少的媒体报道让他们成为家喻户晓的英雄家属，虽然名声再响亮也带不走母亲每日的以泪洗面和悲痛。

"可是，人们总是健忘的，他的英雄事迹还有多少人记得呢？"老者掏出一根木纹细密老石楠木烟斗，质地柔软的硫化硬胶，两百年的石楠根平静地"炫耀"着自己不凡的身世。

林桓走过去打开窗户，背对着老人："我父亲所做的牺牲并不是为了得到什么，为了国家，义无反顾。"

"是吗？"老者吸了一口烟，烟雾缭绕间，他话锋一转，"你确定他是为了国家？"

林桓的手握紧拳头，脸色铁青，"有人质疑他的初衷，或是掩盖所谓的机密，但是，"他的眼睛直勾勾地盯着老者，"他并没有错！"

"你要是对你父亲有着这么坚定的信任，又怎么会想见我呢？"老者微笑地看着他，"你一直匿名资助各地的考古所又是为何？"

"年纪不大，却拥有巨额财富，这……说不过去吧？"

老者顺手拿起茶几上放置的车钥匙，林桓的阿斯顿·马丁是今年初预定的：一台酒红色的 Vanquish。这是该品牌为了庆祝百年纪念而推出的限量版车型，价格不菲。

"这款车可不是一般人能负担得起吧？"他把车钥匙放归原位。

"这间公寓，还有你身上穿的，"他指着客厅里的家具，

"用的。"

挂在门后方"阿玛尼"男装外套,饮水机上放置的从欧洲空运来的、纯天然矿泉水,高档家具尽收眼帘。

"我母亲经营一家医疗设备公司,如果您对我的经济来源有疑问,可以去调查取证。"他故作轻松地走到客厅旁边的茶室,开始清理茶具准备泡茶,"您习惯喝什么茶?"

老者并没有为这一轮的失败而沮丧,他嘴角上扬,背着手:"我听说你开了一间茶室,看来货源不少啊。"茶室的壁柜里放置着用透明防潮袋包装的茶叶。

罩在两人头上的乌云有散开的迹象,林桓娴熟的泡茶技巧让原本就热衷茶道的老者转移了话题。

"你知道,"他吹着热气,"你父亲失踪前留下了一些东西。"

林桓缓和的脸变得煞白,有条不紊的工序被打断,他故作镇定,往风炉里添加一块木炭:"是吗?"

"有两件,"他抿了小口茶,"一份在博物馆馆长老秦那里,另一份嘛……"

他笑着看着慌乱的林桓:"就要问你了。"

"飞机要降落了,"老者笑容可掬地看着他,"你要收起来了。"他指着黑屏的笔记本电脑说。

林桓用颤抖的手拨弄挡在前额的刘海,尴尬地合上电脑:"哦,他们看到我应该会很吃惊吧?"

林桓在西南地区的"玩咖"界享有盛名,一般有什么新奇的玩意儿,都会先拿给他鉴赏,说白了就是想在他身上捞笔大的。秦教授出事后,吴城第一个找的人就是他。

"这就是从那个怪人身上扒下来的白玉?"林桓举着玉琯在灯光下仔细观赏,"但是,这和秦教授丢失的玉璧有什么关系?"

"你看看这个,"他拿出一张 A4 纸,上面用粗糙的线条勾勒了一个圆形的图画,"这是舅舅拓下来的玉璧图。"

白玉琯身细长、外圆鼓腹,青色玉璧呈扁平圆形,中央有个大孔,璧面雕刻着三只赤首黑目的大鸟,它们展翅腾起,爪子锋利,头部朝着中心圆孔,像是在撕扯着中间遗失的图案。

"这两个东西有什么关联吗?"林桓放下白玉,接过 A4 纸。

"古人做玉琯,好在琯身绘制自然景物,如祥云、云海翻腾之类的图案,可这个白玉上却画着一条凶煞恶狠的蛇。"

他说的不假,羊脂白的玉琯身上缠绕着一条身体细长,口露利牙的蛇,它细长的蛇信子绕了玉琯一周,是在准备进攻的姿态。

林桓摊手耸肩,表示不解。

"我就觉得奇怪,像林桓那样一个有钱,又好奇心贼重的人,怎么就没吵着要跟来。"吴城突然想到林桓这个贵公子，他整天抱怨生活索然无味，女朋友换了一波又一波，好车也是开几天就腻了，这种冒险应该是他最喜欢的。

安子看了一眼 Krys，跟着说："又有美女相伴，他怎么就想不开，没跟来？"

杨穆对他有成见，自然不会接这个话茬，倒是平时和他接触最多的老齐开口了："他其实也挺可怜的。"大伙都觉着这话听着新鲜，一个生活优渥的年轻人还能可怜到哪去，"他父亲在他很小的时候就没了，跟着母亲长大。"

"单亲家庭？"

"人咋没的？"

大家一堆的疑问，老齐摆摆手："我不太清楚，听说是个科学家，跟着考察队到了边疆，后面的故事我就不知道喽。"

杨穆终于忍不住了，"我记得有这么一件事，说是一个科学家在沙漠和队友失散，就再也没回来。"

"我好像在什么地方看过一篇这样的报道，"Krys 看了一眼手机，"不过，记得不是很清楚，好像是一个物理学家得了癌症，最后失踪了。"

"那个年代一个得了癌症的科学家坚持工作在祖国的边疆，怎么没有大肆宣传，这不合理啊？"安子递给大伙今天的早餐，一包袋装方便面。

"李潇呢？"他早上也没参加非正式会议，吴城觉得有些奇怪。

安子是负责"照顾"李潇的人，他正细心地帮 Krys 撕开包装袋:"我看他睡得那么死,就没叫他。"

"咱们这一大帮人还怕他一人不成,你当安子这一身膘是白长的。"老齐把内装的盐洒在干巴巴的面块上,再艰难的环境也影响不到他享受生活的兴致。

杨穆故意把袋里的方便面揉得粉碎,声音"咔咔"地作响:"你真以为他是孤身一人?"

豪华公寓内,一个二十出头模样的年轻人倚靠着窗边的椅子,把玩挂在胸前的一块乳白色玉石,窗外是一片美得让人窒息的风景。整个城市盘山而建,绿色植被覆盖了城市的各个角落,透过厚厚的防震玻璃,自然与现代化建筑完美地结合在一起。年轻人显然对窗外的景色毫无兴趣。室内装潢也是古典与科技的结合体,一张明清时期的紫檀木书桌上摆放着价格上万的苹果牌台式电脑,桌上摆放着文房四宝,砚台里的墨已经晾干,留下薄薄一层发亮的"墨纸"。书柜里的纸质书籍东倒西歪地重叠在一起,这与整洁的室内产生一种强烈的对比。很显然,刚才屋子的主人经历了一场情绪失控。

年轻人掏出脖子上挂着的菱形墨绿色玉石:"这是家传的宝贝。"这是他对外的说辞。他生活单调,几乎没有朋友,身为巨额财富的继承者,没有花边新闻和数不清的"高级玩具"。这在奢华的财富圈算得上是奇闻,尤其他又生得标致:高挺的鼻梁恰好地安放在脸部的中轴线上,微微翘起的下巴中央有一道自然形成的深沟,深陷的双目散发着迷人的光彩，浓而不乱的眉毛紧贴着突出的眉骨，宽敞的额头搭配着完美的发际线，称他为美男子一点也不为过。

这是个被上天宠爱的幸运儿，几乎拥有一切：健美的身形、强健的体魄，取之不竭的财富。但是，他没有家人，居无定所，这间屋子也只是他众多居所的其中之一。每年开春，他都会来这里做"准备"。

他站起身活动筋骨，慢悠悠地走出客厅，这间屋子是整栋建筑的顶层，室外露台的面积几乎和室内一样大，他喜欢阳光、美景、音乐。

今天的阳光温暖，但他显然没有因此而高兴，计划眼看就要成功了，却半道出了岔子，一张今日特报被他揉成一团，扔在印茄木材质的木地板上，报纸的标题写着：

海归专家深藏小镇　竟为盗取国家文物

他双手抱头，面目狰狞地嘶吼道："还要我等到什么时候！"

"富贵公子养尊处优，一人肩负侦查、反侦查工作，千里迢迢地跟着咱几个一路来到这荒郊野岭的无人区，这胆识怕是城儿都没有。"杨穆瞥了一眼正和方便面搏斗的吴城。

"我反正相信他，"安子仰起头灌了一口凉水，"为了家人和朋友，这点苦不算什么。"

"反正小心点总是好的，防人之心不可无嘛。"老齐各站一边，说了句中肯的话。

安子掀开帐篷门帘，叫醒了熟睡的李潇，大家各自有分工，收拾完后就出发了。

杨穆和老齐抬着吴城，安子背起了全队的干粮。户外生存所需的工具箱、帐篷被李潇承包了。

Krys 负责照顾伤员，包括饮食、换药甚至"陪睡"。开分配工作会议的时候，安子嘟着个嘴，全程拿眼瞪着重伤的吴城。

海拔越高空气越稀薄，大家为了节省体力都尽量不说话，可杨穆和老齐干的是体力活，没法投机取巧，单靠一个简易担架只能靠蛮力。

山路蜿蜒曲折百转千回，伸向山谷深处，山谷里的河水从山岩间奔流而出，声音巨响。干巴巴的山路却尽是黄土和岩石，坑洼不平的土路常常是一脚深一脚浅，在爬坡途中，安子和李潇会走过去帮他们抬一把，可这也不顶事，他们还是累得气喘不止。Krys 身为全队的护理员，她从背包里掏出能量棒："休息一下吧，我们已经走了很远了。"

躺在担架上的吴城因为身体虚弱也顾不得说些客气的话，他要减少过多无谓的活动，例如说话。杨穆叉着腰喘着粗气，用牙咬开包装纸啃了起来，两边的腮帮子随着咀嚼而鼓胀。平日一副万事莫难的老齐靠着岩壁，胸部剧烈起伏咳嗽不止。

Krys 撕开包装，喂到他嘴里，细声问："你需要氧气瓶吗？"

"没……没事……"他尴尬地回答，多酷一小伙，落到被姑娘照顾的下场，面上有些挂不住，进山前吃了红景天，是没大碍的，有美女为伴的旅途更能激发男性的雄性荷尔蒙。安子走到老齐身边，雄赳赳、气昂昂地说："我来抬担架，你背干粮。"

老齐已经没精力和他周旋，看着安子积极的样儿，他点了点头。

李潇走到正在看地图的杨穆身边，忐忑地问："你确定这条路线没错？"

"多亏了你的地图，"他摊开图纸，指着李潇那张说，"确切地说应该是那个叫萨迪克的老人，他应该是个野外探险家，这上面标示的都是他走过的弯路。"地图上用汉字和维吾尔文字混搭着注释着他走过的路线。

"不过，他忽略了一点，古今地名有所不同，用的尺寸的标准也不一样，所以他并没有找到，"他折好地图，"真正有用的，在这儿。"他指着自己的脑袋，俏皮地说。

"你说'巨石'到底指的是哪里？"李潇一直记得邢天意说过，打开"巨石之门"就有"不死药"。

杨穆看着他，这一路不比当年唐僧西行容易，"玉石在未开采前就是大石块，这巨石应该就是藏有玉石的山，"他指着四周的山体说，"群山之玉就藏在这昆仑山脉中。"

"群山之玉？"李潇好像在哪里看到过这几个字，"泑水之上，良山美玉……"他默念道。

"泑水，这句话你在哪里看到的？"杨穆一个激灵，他对这个词再熟悉不过了。

"羣和群是一个意思吧？"邢天意高中辍学，对"回字有几种写法"这种抠字的人嗤之以鼻。

李潇把腿搁在书桌上打盹，他拉开眼皮子，瞥了天意一眼，"嗯。"

"那就对上了！"邢天意露出满意的笑容。

"所以，群玉之山就是我们要找的巨石山吗？"Krys 安顿好伤员，凑上去好奇地问。

"道理是这样，可是，"杨穆敲着脑门，表情痛苦，他也出现了高海拔的不良反应，"群玉之山在古时的别名就是昆仑山。"

Krys 的双手突然按在他额头两侧，轻轻地揉抚着上面跳动的青筋，他吓了一跳，条件反射地往安子那儿看了一眼。

"大帅，你喜欢她吗？"安子的脸上出现少有的严肃。

杨穆干咳两声掩饰紧张："不知道。"

"反正我喜欢。"他显然不喜欢这个模糊的答案。

金发碧眼的男子放下背包，取出干粮补充体能。吃饱饭，打开手机解闷，"妈的，没信号！"突然他看到包底的木盒子，这时身体莫名地出现一种欲望，驱使他拿出木盒，取出玉璧……

女子有着曼妙的胴体，肌肤白皙嫩滑胜过冬雪，凤眼桃腮挑眉顾盼，身着薄丝微露酥胸，其声柔似楚调，曲折百转委婉撩人……

女子望向他,伸出一双玉手,冲着男子秋波频送,娇嗔喊着他的名字,引诱着早已上钩的饿鬼。

他喜不自禁,流着哈喇子扯着腿甩开膀子向女人奔去……

山谷间流水的巨响把男子带回现实,他拼命晃动脑袋让自己清醒:"这是怎么回事?"他抚平跳动得厉害的左胸,看着有些激动的"自己",长吁一口气:"真他妈邪门!"

"昆仑山!"老齐恢复了些许体力,一用力头又开始晕了,"难道我们要爬完整个山脉,一个一个找吗!"

杨穆不用看都能猜想到大家的表情,他们把所有的希望都寄托在他身上,吴城的伤说白了也和他的失误脱不了干系。

在看守所时,秦教授递给他一张手绘的地图,上面的线条错综复杂,山脉河流虽然标示得很清楚,但是没有比例尺做辅,他看得云里雾里,混沌不清。

"你知道'九丘'吧?"

杨穆自诩为才子,他当然知道《九丘》是与《三坟》《五典》《八索》并列的上古书籍,不过已经失传,或传被孔子修订为经。"是一本描写九州物产、人文和风气的九州志,原书早已失传,后世之本大多都为捏撰。""如果我说我这里有其中一部分原作,你相信吗?"他看着身着囚服的秦教授,样子也不像是开玩笑,人都已经在看守所,哪来的闲情逸致插科打诨。

"我……呃……"他不是个会说虚话的人,"如果您有,我可以拿去和城儿他们看看吗?"

"我是没机会亲自求证了,"对于一个身在逆境的人来说,他还是超出想象的乐观,"你们做我的眼鼻手足,替我完成未完的事业。"他看着杨穆,眼神透露出他的羡慕、信任和期望。

吴城安抚处于情绪波动状态的老齐:"你别急啊,我相信大帅!"他虽然气虚声弱,但对于杨穆他有十足的信心。

"乌兰苍鸟,昆仑之阿,"吴城接过杨穆递过去的图纸,摸着后脑勺,摇摇头,"乌兰?我记得是西北某个地区吧,苍鸟是老鹰吗?"繁体字的"乌"和"鸟"相似,不仔细看还真会弄混。

他知道杨穆这个人在自己不知道答案的情况下是不会把问题端上台面的,果然,他指着地图西北部某处说:"乌兰可以表示乌兰木伦河,也可以说是乌兰县,'苍'就是现在说的青色,这句话说的是青色的鸟,这两句话结合在一起看就是告诉我们'昆仑之阿'就在'乌兰苍鸟'之地。穆天子西征中天子'宿于昆仑之阿,赤水之阳',"他背着手,像古时的教书先生一样摇头晃脑地背诵,"《山海经》云'赤水出昆仑东南隅',《庄子》中的《天地篇》说'黄帝游乎赤水之北,登乎昆仑之丘',也就是说先登赤水之北再登昆仑之丘,这和穆天子西征的记载是一样的。"想到这里,他朝吴城眨巴眼睛,故意停顿了一下,吊足了人胃口,

"'乌兰'在蒙古语里是赤色,所以'乌兰苍鸟'说的地方既要满足在赤水附近,还要有青鸟生存的地方,就是我们要找的昆仑之阿。"

老齐也觉着自己不该在这个时候扰乱军心,他站起身走到杨穆身边,干咳了两声:"我可没质疑你。"

杨穆也没说什么,只是拿手推了他一把,就招呼大伙准备上路了。其实他越往前走,心里就越没底,他自认为做足了功课,可眼前的环山和他所预计的完全不是一个地方。他开始自责内疚,应该多做点功课,他甚至开始羡慕受伤的吴城,内心的煎熬不比身体的疼痛来得好受。

抬着担架,身体受累,他才稍感轻松些,脑子疯狂地运转,试图把平生所学所闻都要翻一个遍才好。

"'南望瑶圃,爰有鹗雕',后一句好解释,鹗雕即是鹰科类动物,如果没记错,新疆是产老鹰的区域,'爰有鹗雕'应该是说这个地方有许多飞禽……"

"想什么呢?"吴城看出他有心事。

"我在想西征中的一句话'爰有野兽,可以攻猎'和这句'爰有鹗雕'到底有什么关联?"

安子在他对面,累得说话都有些发颤:"会不会……是……是说这个地方……没有……或者有很多飞禽,但是走到一个地方突然鸟兽变得比地兽多了?"

"对啦!"他一兴奋,两边用力不平衡,差点弄翻担架。这可是一条极窄的土山路,要是弄翻了可不是掉地上这么简单,悬崖峭壁可在旁边候着呢,"这就对得上了,只要能找到苍鸟山就能到达'巨石'之地了！"

上坡的山路不是最难走的，挑战人类膝盖关节韧性的还是下坡，尤其是对于负重的人，膝盖和腿部肌肉因为压力而导致膝关节受伤和肌肉拉伤。他们算是幸运的登山客，下了坡走了没百米就遇到了几个准备进山的采玉人。这几个壮汉皮肤黝黑，年长的叫阿吉，三十五六的年纪，留着小胡子，热合曼年纪最小，是第一次跟着进山采玉的菜鸟，他热情善良，主动提出帮忙抬担架。

"现在的玉石是越来越难找了，年轻人都不愿意干这个营生。"阿吉的家族一直从事玉石生意，曾经还是当地的大户。"这几年像你们这种旅游的人倒是挺多，"艾合坦木扛着铁杆，背着绳索，手从裤兜里摸出一包香烟，"也有一些大脑坏掉的人，认为这条山脉里埋着宝贝。"他瞅了一眼热合曼。

艾尔克冷漠地看着这群外人，一副生人勿近的样子，还时不时地拉紧背包和扛在肩膀的绳索。

"我们一般会在前边的村子里歇个脚，"阿吉指着山谷间的平地，"在那里买点烤馕和土豆，再往里走可就没店铺喽。"

村子不大，住的人也少，村里的人三三两两地散坐在土墙边上闲聊，他们显然对成群结队的人并不感到新奇。

村里唯一的饭馆就在斜坡的平地，店主人巴拉提是村里唯一会说汉语的人，艾合坦木大老远就朝他挥手。

"今年的人可真不少啊，"店主看着他们说，"天哪，还有一个漂亮的姑娘。"Krys 走在队伍的中间,但还是能让人第一眼就注意到她。

他们相互问候寒暄过后,巴拉提就去准备午晚饭了,小店的装修很简单,但有着传统的几何图案,对于在野外风餐露宿的人来说算是非常完美的居所。

阿吉领着老齐去村里的小卖铺买日常用品和伤员所需的纱布、碘酒,如果幸运的话或许能买到一些好的消炎药。

安子和 Krys 在屋外的平台上清点物资,做后勤工作。

精力充沛的热合曼找来工具帮吴城重新做担架,李潇跟着打下手。

杨穆则陪着吴城在屋子里商量下一步的行动计划。

吴城听着屋外几个人忙活得起劲,苦笑道:"我现在还真是个累赘。"

杨穆没答话,他压根儿就没那个闲心听他抱怨,他在笔记本上对照地图做功课。

"'南望瑶圃','瑶''瑶'二字可转,瑶池和瑶圃是一个地方吗?"他自言自语道,"既要满足有赤水、青鸟、鲜有地兽和瑶圃,"行动不便的人通常能空出一部分精力去思考,"《楚辞》中有'吾与重华游兮瑶之圃'。"杨穆接着吴城的话说:"登昆仑、食玉英,就是说先游瑶圃再登昆仑,南望瑶圃,从地理上看这个地方要符合南边是瑶圃,赤水要从边上流过,还要以鸟兽居多。"

巴拉提忙进忙出的,无意间听到了他们交谈的内容,也没觉得是什么要不得的大事,跟着搭话:"真有意思。"

杨穆警觉起来，和吴城使了个眼色："什么？"

"你们说的'南望瑶圃'，这句话我听别人也说过。"他不以为意，把餐盘放下便往厨房走去。

杨穆站了起来，一把抓住巴拉提："谁说过这句话？"他觉得自己的反应太过了，松开手说："对不起，我失礼了。"

巴拉提哈哈笑起来："山下的人来到海拔高的地方都会出现奇怪的反应，我见得太多啦。"

吴城也跟着笑了起来："您什么时候听到的呢？"他脑筋转得快，紧咬中心的同时不会让人感到有逼迫。

店主摘下头顶的小圆帽，捋了一把头发："这个我还真不记得了。"

吴城示意正要追问的同伴，放走了店主。

这里虽偏僻，但来往的人很多，人多的地方就是个信息处理中心，吴城闭上眼睛，半躺在竹椅里养神，"他想得起来自然会说。"

热合曼抬着新做好的担架走了进来，给他们示范新担架的优点，能省力还牢固，比起旧的担架简直是人类文明史上的一大进步。

吴城起身表示感谢，李潇也变得活泼许多，和热合曼一起要扶起吴城试试使用效果，杨穆也能暂时抛开压力，以身试担架，做第一个吃螃蟹的人。

老齐向村民借了个运货的小车，把买的物资运了回来，看着几个人笑成一团，嫌弃地说："升级版的担架不也要人抬吗？村子里有卖带轱辘的车子，"他得意地说，"我已经谈好价钱了。"

一直沉默的艾尔克刚好打这儿路过，说了第一句话："翻过这段山路，可就没这么宽的道了，过个人都勉强。"

老齐默默地卸下物资，准备把小推车送回去。Krys 走了进来，看见新式担架开心得手舞足蹈，"这下可以减轻一点负担了。"她心想。

"纱布和消炎药在哪儿？"她抬起手腕看时间，该是给伤员换药的时候了。

老齐冷酷地指着墙边一角。杨穆觉得他对 Krys 表现得有点太过了，搭嘴缓和气氛："这里还真是什么都有啊，安子呢？"

Krys 她不是不知道老齐的态度，只好借着杨穆的台阶下："他听艾合……"西北地区的人名有些拗口，"说山道会更加不好走，就开始练手臂了。"

"他还以为是期末考啊，这肌肉是临时抱佛脚练得起来的吗！"

"哈哈哈，城儿的八块腹肌练了小十年了还没成型呢……"

逗趣的安子果然是居家旅行之必备人选。

几里处，男子身上的玉琯在他胸前跳动得厉害，他把玉琯扯下，冲着被绳索捆绑着的人挥动："我们该出发了。"他知道，神器就在不远的地方静待着他……

第六章
CHAPTER 6

"南望瑶圃，"杨穆跟念经似的一直重复，"瑶圃……瑶池……"老齐被他叨叨得烦躁起来，刚想说他两句，突然脑子的一根弦绷紧："等会儿，我怎么记得有'瑶溪之赤岸'这几个字。"

Krys替吴城盛好米饭，又夹了点羊肉和鸡蛋："你确定自己可以吃？"

安子咬了一口羊肉大口吃起来："这肉掉盐沟里啦，这么咸！"

店主听到叫声，从屋外赶进来："怎么了？饭菜不合胃口？"

老齐指着安子说："没事，富家子弟犯浑而已。"

"老板，这肉真的太咸啦。"安子像受了委屈的孩子，极力为自己辩护。

巴拉提松了一口气："我们这里的羊肉都是用盐腌制储藏的，山路不好走，每天来来回回地运食物不划算，一次性买多点屯着。"

"盐多不要钱还是咋地……"安子边漱口边嘟囔道。

"读书人就是见多识广,我们这里什么都缺就是不缺盐,"他索性坐了下来,"昆仑山除了玉石,岩盐也不少,我们这个村吃的盐都是直接粉碎就能用的,不像外面吃的盐还要经过那么多道复杂的工序。"

"人工粉碎的和机器筛选的能比吗,齁死了。"

盐对人类进化和发展起到很大的作用,在人体功能方面,盐中的钠能维持体内的酸碱平衡,有利于肌肉运动和能量代谢,对于从事体力劳动的人来说是必不可少的元素。

"你们的盐矿是在哪儿开采的?"

巴拉提觉得新鲜,就像你问一个城里人,家里的盐是哪儿来的一样,"村里有靠这个营生的村民,人不吃盐没力气,每年进山采玉的人都要从我们村子里带上一袋。"

说到这里他收起了笑容:"一定要我们的盐!山里的盐。"

进山采玉的人要经历普通人难以想象的艰苦,除去环境极其恶劣,探冰洞才是真正的考验。夏季的冰川因为冰雪融化会露出许多大大小小的冰洞,黑窄之余深不见底,采玉人不顾冰脊移动的后果,仅在身上绑条绳子就这么下洞。

"太多的采玉人抱着发财的梦进山,最后却没再出来,"他的眼神变得黯淡无光,"家破人亡……"

"这么邪乎,非得吃了你们这儿的盐才能保平安?"安子的舌头伸出嘴巴,"那我都洗了,不会死于非命吧?"

Krys 一听,马上敲了一下木桌。要是换了别人做这种迷信的行为,安子肯定得吐槽,这次他只是红着脸不说话,脑袋高高地仰着。

杨穆倒没注意她的动作,"瑶圃"和"瑶池"一直在他脑子里转,他把这些年看过的书在"记忆宫殿"里整理了个遍。

"盐……湖盐……岩盐……卤水……"

"钠……镁铝硅磷……硫……硫……下边是啥来着?"

吴城拿筷子戳了他一下,他才神游归来,大家已经聊到村子里谁家的牛不见了,隔了半年又自己回来这种符合人类交际的话题。

要搁从前,老齐肯定会科普学家附体,给这帮"不唬人会死星人"来个批斗大会,但今天他没插上一脚,一个劲地吃着咸得发苦的腌羊肉。

"'北谷村'这个名字有啥讲究吗?"安子摸着泛着油光的嘴,好奇地问。

巴拉提伸了个懒腰,看样子有些发困,一个人做了那么多人的饭菜也是不容易。

"山谷的北边就是北谷嘛,"他从来没向人解释过这么显而易见的问题,"我们北谷村世代守护着这段山脉,这是一个约定。"

相传北谷村的祖先为了逃避战乱和敌人,带领族人到了这片人迹罕至的土地,却还是没能完全逃离开祸事,他们已经无路可逃,再往深处跑只能被饿死、冻死。他们跪在山谷里祈祷山神显灵帮他们赶走敌人。神灵仿佛听到了他们的祷告,就在岩壁上打开一道门让他们躲了进去,敌人在山谷里转了几天几夜也没能找到,敌人损兵折将,只好狼狈地退兵。巴拉提的祖先为了报答山神,允诺子子孙孙守护这片神地。

就和所有的神话故事一样,都是照着葫芦画瓢,碰上普通游客也许就此打住,但杨穆这帮人可不是一般人,他们从小没少被父母亲戚嫌话多,被说不过打得过的同学欺负。

"北谷……盐……"吴城看着杨穆,"我以前怎么没听过这儿的盐出名啊?"

"我们向山神索取的盐够多了,怎么还能靠这个挣钱呢?"

"昆仑北谷曰嶰谷,嶰、解一字,我记得关公的故乡解州也是个以盐著名的地方,"他很好奇这二者到底有什么关系,"嶰谷即是嶰溪之谷,'昆仑之阴,嶰溪之谷'……"

突然他大叫一声:"拿笔来!"大家都被他这一叫给惊了,在后院休整的几个采玉人也着急忙慌地跑出来看个究竟。

来往北谷村的采玉人果然不少,热合曼年纪小容易和人打成一片,一个照面的工夫就能从返回的人口中得知有用的信息。

他脑瓜子机灵转得快,没读多少书,语言能力却比他们强,Krys 和他认识还不到一天,两人就已经聊得不亦乐乎,黑脸的安子阴森地在两人的后边翻白眼。

老齐跟幽魂似的飘过来,"哎,要是没那小子,现在笑得像朵向阳的菊花的人可就是你了。"

安子歪着脑袋，瞪着他："有你什么事儿啊，我会跟他一小屁孩比？犯得着么！"

"哟，这小醋味儿泛的，确实比不了。"老齐挤眉弄眼地指着两人。

"就看这五官吧，人家是米开朗琪罗刀下精心雕刻的大卫，"语调一转，摸着安子的脸说，"您再瞧瞧这位，当然，肥肉暂且不论，这脸，敢问是被红太狼的平底锅垂青过还是……"

"这是基因！基因！"安子一声怒吼。

阿吉从村里借来一头驴子，交给老齐，"你们需要这个。"吴城的腿伤一时半会儿好不了，只能靠担架这么抬着进山，这头驴子还能帮他们驮点东西，至少背包不用他们操心。

"下山的人说今年气候特别差，崩了好几个冰洞，"热合曼走过来向他们传达最新资讯，"他们说如果你们要进山，翻过这段山脉后往西走。"

采玉这个行当除了要忍受高海拔和危险外，运气往往起决定性作用，运气好的能碰上雪融化形成的水流把玉石从冰川里冲出地表，不然过不了多久流出的玉石又会被重新冲进冰川下层。

"差点忘了，"热合曼递给老齐和安子两个口袋，"阿吉哥说进山要带上一口袋盐，保平安。"

老齐接过盐袋，晃着里面的盐粒表示感谢，安子扭过头，假装没看见，热合曼充满胶原蛋白的脸变得有些僵硬，他拿着盐袋的手悬在半道上不知所措。杨穆头昏脑涨出来溜达透气，顺道接过口袋，化解了尴尬。

Krys 坐在前院的藤椅上，眼前是一片白雪覆盖的山脉，村子前面的河水泛白，水流湍急地击打河里和岸上的石头，岸边有几个村妇聚集在一起洗菜、洗衣服。

"你确定要跟我们进山？"

这是杨穆第三次问她同样的问题了。"我喜欢这里的生活，"她没有给他答案，"艰苦的生活环境好像对他们没有影响。"

杨穆使劲地眨眼，感觉这几日把后半辈子的书都读完了，"科技再进步也没有内心的平静让人愉悦吧。"

她抬起头，看着这个双眼红肿说话拿腔拿调的男人，笑着说："那你还赶我走。"

杨穆走后，她拿起手机想把这美景记录下来，屏幕突然亮了，她轻轻地叹了口气，精致的脸上淡淡的忧愁融化在这片山景和那个刚刚转身离开的男人中，她放下手机闭上眼，屏幕显示：报告你的坐标！

第二天吃过早饭，安子牵着阿吉借来的驴子，再次确认背包里的必需品。吴城又开始新一轮的闹脾气，他坚持要拄着拐棍自己走，Krys 一再劝说，坚持步行会影响伤口的恢复，老齐刚开始还耐心地开导，到最后火气也上来，冲他喊："你想害死我们大家吗！"

还未出发就先吵起来了,这可不是好的预兆,杨穆让拥有宦官般巧舌的安子去安抚老齐,自己留下来开导劝慰吴城。

"我会连累大家的,"认识吴城这么久,杨穆还未看过他沮丧的样子,"要是能自己走,或许能减轻你们的负担。"

"你把大家拖进来,现在说连累?"杨穆可没打算用感性且假模假式的措辞去安抚他,"太迟了吧,我们选择了跟你跋山涉水,这条路爬也要爬完,"面对白雪皑皑的大山估计真得用回老祖宗的特长,"你呢,只能一路占尽咱们的便宜。"

吴城笑了,开裂的嘴唇笑起来魔性十足。安子刚好陪着老齐走进屋,看着吴城说:"你可别笑了,一张嘴咧得怪瘆人。"

在他们上演大和解的时候,热合曼走过来,"我可以跟你们一起进山,我有力气可以抬担架。"他拍了拍肩膀。安子第一个表示反对,"他可没安好心。"老齐白了他一眼:"就跟你有多清白似的。"

大家伙都没意见,眼看就要达成一致了,安子绝望地求助杨穆,"你可是我们团队的老大,你要是反对,这事成不了。"

杨穆一副无所谓的样子,摊开手、耸耸肩,"我觉得挺好,人年轻,有力气,要是遇到山神啥的还能当翻译。"

安子用不可置信的表情看了他一眼,扭头就走,心想:"杨穆八成是被重压击垮,神经错乱了。"

挥别了巴拉提他们就上路了。阿吉一伙人和他们同行一段路，出了村子到山的半坡再分道而行。

这一段路老齐觉得特别尴尬，麻烦人家帮忙不说还半道拐跑了人家的人，他走到阿吉旁边不停地找话，分手后他还留下了自己的联系方式。

安子冷眼看着他说："你不会是看上人家了吧，一路上骚动得跟个猴儿似的，没见过你这么多话。"

"我这是内疚，"他指着在后面抬担架的热合曼，"把人家的人给拐了过来，你好意思？"

"当然不好意思，我反对时谁听了？"他尖着个嗓子，脖子伸得老长。"来，跟着哥哥到山里找宝贝。"安子搓着手、眯着眼、用社会新闻里拐卖无知少年的嫌疑犯的口吻说。

"你还是留点力气喊救命吧！"老齐懒得和他纠缠，加快脚步朝前走。

吴城身体状况堪忧，便把玉琯给了杨穆保管，再有就是他感觉这个玉琯不太对劲，看着它的时候老是精神恍惚，也许是自己太虚弱。睡着了也总会做同一个梦，他不敢告诉队友，冥冥中感觉自己和这个玩意儿脱不了干系。

"我记得你以前说过玉是有灵性之物，能影响佩戴者的运程。"

杨穆正好在他的正面抬担架，"好玉能帮助佩戴的人改运，消除内心的负能量，坏玉会影响人的性情，"他喘着粗气说，"从某方面来说，这套理论和性格改变人的命运非常契合。"

热合曼背对着他们，也叹了口气，顺口说了句，"我相信玉能让人变得偏执陌生。"

他们不理解，好奇地追问："这是什么意思呢？"

热合曼扭过头确定他们是在问自己后，才开始说："我有一个表叔，非常和善，特别喜欢帮助人，经常帮邻居晒瓜果、砌土墙。后来去镇上工作，却砍伤了帮助他的恩人，"他耸了下肩膀，"我听说他不知道从哪得到了一块玉石，人就发狂了。"

杨穆只当是个故事，听说、据说的事他觉得不可信。可吴城的脸色开始越来越难看，他觉得胃一直在灼烧、翻腾，恶心感渐渐上来。大家停了下来，Krys拿出药箱准备给他用点抗炎药。

"你杀了我的达达，我要你偿命！"他发抖地拿出匕首，身体剧烈抖动，伸手朝穿着白色托尼的中年男子刺去。

中年男子尖着嗓子喊救命，向失去理智的年轻人求饶："他和我是挚友，我们一辈子都相互尊敬。"他退后，发现已经无路可退，"肯定是有人在胡说八道，挑拨我们两家几十年的交情！"

"你还在说谎！"他毫不留情地割开他挡在面前的手臂，鲜血顺着刀刃流到他手上，"我都看见了！达达一直哀求你，让你看在家里的孩子还小，不要赶尽杀绝，你居然咧着嘴笑着对他说，你已经风光了几十年，够了！"

第六章

他睁大着眼睛，顾不上淌着鲜血的手臂，"你……你……是怎么知道的！"

"你要做什么？"一个穿着红色连衣裙，套着绣花外衣的女子冲出来，挡在匕首前面，"你为什么要这样对我父亲！"

"阿里娅，你快离开，他疯了，你快走！"

"今天我要为达达报仇……"他避开女子，朝她身后的男人刺去，但女子像人肉沙包替她父亲挡无情的匕首。一阵混乱，年轻人也弄不清楚匕首是何时刺到她的肚子，他感到一阵眩晕，丢下匕首，抱着她喊："阿里娅……"

"阿里娅……阿里娅……"吴城大汗淋漓，像黄豆大小的汗珠从皮肤里渗出来，Krys不停地换毛巾帮他擦拭，老齐也急得满头大汗，"怎么回事？"

她身为医学院的肄业生，一时间也不知道怎么作答，"他的身体只是有些虚弱，怎么会突然恶化啊。"

她熟练地查看大腿的伤口，也没有出现感染，几乎每隔一小时就会帮他清洗伤口。

安子围在他身边好奇地问："阿里娅是谁？"

杨穆指着岔路下坡海拔稍低处的一块草地，指挥队伍行至那里休整再做后续工作。

下坡山路极不好走，除了热合曼每个人都摔过不大不小的跤。老齐替代杨穆抬担架，脚掌像个刚学步的幼儿支撑不了身体一样，一路打摆子般往山下走。

Krys 的裤子也被锋利的山石划破四五道口子，杨穆默不作声走到她身边，把她的包拽到自己肩上，她还没来得及道谢就见一阵烟从眼前飘过：他一不留神连人带包滚了十几米。

低洼的草地和他们爬坡的艰难截然不同，当他们还在喘息的空当，热合曼已经提起塑料圆桶到湖边打水。草地围绕着一片绿得发青的湖水，岸边的草坚硬得像守城的卫士，热合曼心不在焉地提着圆桶走向湖心。

他对"阿里娅"这个名字一点也不陌生，事实上他的邻居和小学同学中也有几个叫阿里娅，但是吴城在睡梦中喊到的"萨比尔"，他太熟悉了，现实中"萨比尔"的女儿就是叫"阿里娅"。他越想越害怕，表叔逃跑前向母亲发誓，达达的灵魂告知他真相，可母亲根本不相信他说的话，但还是放走了唯一的儿子。热合曼当时还小，但依然记得表叔愤怒地喊出"萨比尔"的名字。

他打完水走回营地，躺在担架上的吴城已经醒来，目光呆滞、瞳孔涣散地望着空气，整个人像是丢失了魂魄一样任人摆布。Krys 把缠绕在他大腿上的纱布解开，用大拇指在伤口周围轻轻地做着按摩，安子拿着折叠扇在他的脖子和关节处降温，老齐急得冲他喊："又不是中暑，你扇个毛线！"

杨穆也有些慌乱，他觉得待在这里只会让自己方寸大乱，所以选择去湖边冷静。半路上碰上打水回来的热合曼，他感激地看了热合曼一眼，就独自朝深处走去。

类似吴城现在的症状杨穆曾经在南方的一个小镇上看

到过,他那时还是个大三的学生,正跟着导师野外实习,其中一个学生突然生了重病,这期间就开始说一些不着边际的话,请来的医生都束手无策。村里的农民在照看他的时候听他说的内容完全是发生在自己爷爷辈的事,吓得他自作主张地请来"神婆",该生在一日之内便恢复了健康,事后完全不记得病中说的胡话。

一路上沉默不语的李潇跟了过来,"我们现在最好不要单独行动。"

他有些恼火,一股气从丹田升到了头顶,特别想抓起手边能抓起的东西朝李潇扔去,他深呼吸,突然心里"咯噔"一下,慢慢恢复了理智,"我想冷静一下。"

"我知道你在想什么,"李潇的眼神变得尖锐,"他的病不在表,"他指着自己的左胸,"在这儿。"

"那块白玉超出我们所能理解的范围,"他突然陷入沉思,"有时候我认为它在操控我的思想。"杨穆把手放入口袋,指肚在凹凸不平的玉身上游走,冷凉的白玉竟让他的手发热、出汗。

"你等会儿,"秦教授叫住准备离开的杨穆,"关于那块玉,"停顿了几秒,他在犹豫,"你要小心点。"

他当时觉得秦教授欲言又止地制造悬疑可能是因为在重压之下,身体机能难免会对外界事物产生防御心理,所以他说的话不可全信。李潇的一番话让他对失窃的玉璧和自己手中的白玉有了重新的认识。

"古之君子，比德如玉，非以为玩物也……"他想起大学时选修的一门古玉鉴赏课，老教授一头银发，穿着考究，在讲台上侃侃而谈，"上古之玉极为珍稀，为上层统治阶级所尊享，玉之上乘要数新疆的和田玉……"

"泑水之上，良山美玉……泑水，古之黑水也……"他的头又开始发涨，胸部发闷呼吸急促。

"左心肌供血不足，"这个名称是在大学做体检的时候，医生给出的答案，上了年纪的医生好心提醒他，"小伙子，你要锻炼身体了，以后的日子长着呢。"

他不以为意，年轻人不会轻易想到生老病死，总认为那离自己还很远。

两人走到湖边，李潇挽起衣袖洗脸，右手前臂有一道二十公分细长的疤痕，这条疤长在身材干瘪、长相清秀的李潇身上，格外惹人注目。

李潇抹去脸上的水珠，倒也不回避手上的印记。"这是死里逃生留下来的伤疤，"这是他几个月来第一次露出笑容，歪着脑袋说，"虽然丑，但以后泡妞可有的聊了。"

山道有半人宽至一人宽，他松了口气，抬起手腕，手表显示此时的海拔为3234米。

"有这么高吗？"他记得刚到山脚扎营时，天意还开玩笑地说这山爬起来跟玩儿似的。

他缓缓侧过身子朝崖边瞥了一眼，然后迅速收回视线，速度之快以至于他都没来得及看清楚。山道越走越宽,这是好现象,说明前边儿有戏,"有路就有希望。"他给自个儿打气。满是硬砂石的山路变成了柔软的红土地,这让他一直紧绷的脚掌来了一次足底"马杀鸡"。他拨开挡在路边繁密的树枝、叶子,前方可视区域尽是高耸的树木,他朝上望去不可及顶,树干高十几丈,让人怀疑这些庞大的树是如何得以立足于这座低海拔的山上。他就地坐下,背倚靠着树干,风从西边徐徐吹来,尽情享受劫后片刻的安宁,"嘈杂的酒吧怎比得过这一丝清风掠过脸颊的爽快。"这一刻,他算正式地与过去的生活做了一个告别。

突然,用来枕头的右手手臂一阵刺痛,痛感不大也没持续多久,起初他以为是一只错把他手当花给采了的蜜蜂。他查看伤口,隐约间看见了两个小洞,定眼再一瞧竟是蛇的牙印!可他之后并不觉得痛或酸麻,"应该无大碍吧。"

渐渐地,睡意来袭,像暴雨前的低气压让人感到呼吸困难……

"那个时候不知道,"他指着伤口,"是一种黑白相间的银环蛇。"被这种蛇咬了,起初是不会有很大的疼痛感的,等毒素感染神经与肌肉交错的位置,就会导致被咬的人呼吸麻痹而死亡。

"救你的人是谁?"他一直没机会和李潇单独相处,"你现在能告诉我事情的真相了吗?"

李潇皱眉抿嘴,看上去一副内心纠结的模样,"我答应过他们。"

一声巨响吸引了他们的注意力,声音是从隔着湖水的另一段山脉传来的。

"山崩。"

夏季冰川通常会融化出缝隙,出现雪崩或山崩的情况。

"如果你不给我更多的信息,不仅救不了你的朋友和父亲,我们也会死在这崇山峻岭之中。"

远山烟雾缭绕,山顶的白雪绵延不绝,像是从苍穹上垂下的一帘薄纱,透着一股神秘劲儿。

"我……"李潇的嘴唇和脸在阳光下闪着光,内心焦虑纠结,"等会儿!"杨穆伸手一摸,竟是细小的颗粒,他舔着手指上沾惹的小颗粒,"盐。"

李潇也舔尝一番,"怪不得北谷村的人吃盐这么容易,湖里的含盐量还真不少!"

"我怎么记得巴拉提说他们吃的是岩盐,"杨穆搓掉手上的颗粒,"'南望瑶圃',为什么我一直觉得这句话和北谷村有关。"

"站的位置朝南望就能看见这个叫瑶圃的地方。"

有时候一句废话也能点醒那个陷入死胡同的聪明人。如果这是暗藏隐语的密码,写这句话的人一定是从自身的角度去描述他能看到的事物。从作者的角度去思考也许会有帮助。

他掏出吴城交给自己的玉琯,"我才疏学浅,参不透这里面的玄机。"

他低头看着湖水里自己的倒影，毕业年余，经历了现实的残酷、生存的不易，脸上不可避免地留下了生活的痕迹。

"杨穆，你的性格还是适合继续读书，不是因为你聪明有天赋，而是因为半吊子功夫到哪儿都吃亏。"导师在临近毕业前和他谈了一次，在知道他家庭变故后，长叹一口气，只能尊重学生的选择。

"关于你朋友，他是被什么人给抓了难道你们事前一点预兆都没发现吗？"

李潇的目光像盯上猎物的豺狼，一直没离开过白玉。"在北丘村山下扎营的时候我就跟天意提过，好像有人暗处观察我们，"他摸着鼻子，"从巫山县开始。"

皮肤黝黑、肌肉线条健美的男子背对着巴拉提，"我们又见面了，"他转过身微笑地看着他，"这家店你经营得还不错嘛。"

巴拉提一副莫名其妙的表情，"我认识你吗？"他不记得何时何地曾见过这张脸，这张和他们维吾尔族相似的脸，只是他更高大，肌肉更紧实发达。

"你有多久没见过伊玛尼了？我的老朋友。"

这个名字让巴拉提的脸色大变，他的眼神犀利得像一个搜寻野兽的猎人，巴拉提感觉有张看不见的网正在某处等着自己落套。

"不用紧张,今天不会有人翻旧账,你只要告诉我一件事就行。"

猎人放下武器,步步逼近猎物……

李潇的记忆是从一间圆顶的屋子开始的,他挣扎着睁开眼睛,眼前朦胧模糊,几个男子穿着黑色的长袍围着他转,耳边传来古老的歌调,像是唤醒了他身体的每个细胞,他觉得舒服极了,一种似曾相识的熟悉感瞬间传达全身。

"像是前世发生过似的,"他仔细回忆,"那个调子,"他闭上眼睛却怎么也哼不出当初听到的原调,"像一股力量注进了我的血液,无法形容的平静。"

"你确定他们没喂你吃什么药?"某些镇静剂也能让服用的人产生相似的幻觉。

"祁连之火……与吾族人……夋生三足……弱水所浴……灵蜀居北……"

"我发誓这不是梦境。"身着黑袍的人,奇怪的词语,远古的仪式,杨穆想的不是真伪的问题,而是他刚才复述的近似"咒语"的句子。

黑色及地长袍,背面是用金线绘制的山脉,帽檐的云层与胸前的山景遥相呼应,胸前挂着一幅赤火环绕太阳图,两只金色的三足乌口含黑蛇……

"祁连山……匈奴语天山……昆仑……天之义……祁连古语与昆仑可转……'夋生三足'……两只金色乌鸦口含黑蛇……赤火环绕太阳……"

记忆从四面八方飘来，汇聚成一个点，慢慢地变得抽象……

远山烟雾缭绕，山顶的白雪绵延不绝，像是从苍穹上垂下的一帘薄纱，悠远而神秘。山脚下流淌的清泉，如一朵莲花般深陷地表，泉水清澈透明，泛着绿光漂浮在群山之中。

"大人，咱们在前面休息一会儿吧。"

马童李宽指着溪边一块空地说。他肤色泛红，嘴唇干裂，一脸的疲惫，牵着马缰的手无力地任由马匹左右晃动。

这一路西行，幸得天子所赐之玉符才得通行无阻，虽然也遭遇过命悬一线的时刻，但是都得以脱身。

李隐走在前面，回头看着这个跟随自己跋涉远行的仆人，此时的李隐也是精疲力竭，眼神空洞。李隐掏出一张藏在内衣夹层的图纸，一张写满艰辛的金帛，看着上面密密麻麻的文字。

"大人，咱们从洛邑出发到现在有半年之久了，这么一直西行，啥时是个头啊？"李宽侍候主人饮水，在冰凉的石地上摆放一方软垫。

李隐抹着从嘴角流下来的水，问："这水是哪儿打的？"

下人奇怪地看着盛水的袋子，嗅了嗅："就是前边的泉水，您抬头就能看见。"他指着不远处的一处河流。

他站起身，朝前方走去。

李宽这才从袋子里倒了点水品尝起来："甘甜！"

李隐顺着小道，一路小跑，喝了这泉水，身体的疲惫一扫而光，心情也变得愉悦起来，"这一定是《九丘》所载的神水，看来离目的地不远了。"

他召唤李宽，二人简单收拾行囊，朝泉水的上游出发。

这里的山脉巍巍高大，仰着头也望不到山顶，只见一片白雾环绕、纠缠在一起。

李宽摸着有些酸痛的脖子问："大人，这里没有路了，咱们如何上山？"

李隐对于地图上所标记的地点非常熟悉，但眼前的场景丝毫也唤不起他的记忆，他喃喃自语道："难道是我错了？"

"大人？大人！"李宽推了一下愣着不动的主子。

他"哦"了一声，指着一处平地，说："今晚咱们就住这儿吧。"

天色渐暗，篝火将四周照得通亮，李宽不停地往火堆里添柴，好让在一旁专心看地图的主子不会因为寒冷而转移注意力。

"穹顶环绕，地势若莲花……"他环顾四周，喃喃自语道，"泉水冰洁甘美……"

"大人，您看。"李宽递给他一块石头说。

他将它贴近篝火，用双手抚摸、擦拭："神山多玉石，其色泽黄如蒸栗，白如羊脂，黑如纯漆，其声如金，清且绵长，绝而复起，徐徐渐失……"

他拿出用金帛包裹的黑色玉石，用它敲击石块，声音果然如他口中所述，音长且清，残音绵长。黑暗中他的眼睛兴奋得透着光亮，问："这石块你是在哪里发现的？"

李宽指着来路说："我去取水，它顺着水流进了盛水器。"

"明日一早，咱们顺着那条河，往上游去找它的源头。"

"你要干什么！"李潇呵斥住朝湖心迈着步子的杨穆，杨穆像是得到某种指令，举着白玉走进湖心。李潇只好伸手拦住着了魔的队友，但杨穆像是有神力附体般，轻易地挣脱掉他的阻截。

"你要自杀吗！"他大声唤道。

"杨穆！"老齐刚好走到湖边，两人一人拽一只胳膊，一扯，把他扑倒在地，"快夺下白玉！"李潇对老齐说。

杨穆目光呆滞地看着喘大气的两人，"怎么了？"老齐没好气地瞪着他。

老齐把白玉扔进口袋，"城儿好多了，这个东西一离开他就没事儿了。"

"你们看到了吗？"

"怎么没看到啊！"老齐拍着身上沾的泥土，"你跟魔怔了一样往湖里冲！"

"不……"他摇摇头,直勾勾地看着远处,僵硬地举起手,"他们在指路。"

集市两旁的摊位上摆满了玉石料,色彩斑斓的石料里充斥着鱼目混珠的玉石,小贩们极尽所能地向路过的游客推销自家的玉石。

"这块墨绿色的喀什塔什可是从海拔 6600 米的雪峰冰川里找到的,您仔细瞧瞧。"小商贩从成堆的石料里随手拿起一块玉石就开始胡侃。

站在他对面的男子操着一口蹩脚的中文,礼貌性地回绝:"对不起,我不需要它。"

"詹姆士,我们今天就先在镇上休整,"赵子健指着热闹的集市,"西恩刚刚把他的坐标发给我了,"他放下手机,看了一眼在极力推荐玉石的商贩,"在这里你可以学到不少东西,包括编瞎话。"

杨穆撕咬着干瘪的馕,他很确定自己看到的不是幻象,他甚至能感觉到幻境中二人的体温,但他无法向伙伴们解释,就像无法真切地感受他人的悲痛一样。

他望了一眼昏睡的吴城,"为什么我们看到的不同?"

"夋生三足……弱水所浴……灵蜀居北……"

夋、俊可转,传说帝俊和羲和生十日,十日即是金乌,金乌即是三足乌,远古人类认为金乌就是太阳神。

弱水,古代水名,或是水极弱不可载舟谓之弱水,抑

第六章　199

或是水流极险湍急不可行舟之海、河水,《后汉书》有云:"西有弱水、流沙,近西王母所居处。"

"北有弱水",《禹贡》上有载"黑水西河惟雍州,弱水既西",《西游记》也有"八百流沙界,三千弱水深",要是有孙猴子的功夫,变出几个分身替我整理资料就好,杨穆不自觉地哼起"猴哥,猴哥"的旋律……

"你唱啥勒?"安子拿着水瓶走过来,看得出他有些紧张。杨穆接过水瓶,回过神来不好意思地笑了笑,"海拔太高,脑子的沸点变低了,人的智商也跟着走下坡路。"

"城儿还好吧?"

安子表情狰狞地扯着硬邦邦的馕,"你刚离开的时候,他还喊着阿里娅,萨……还有几个名字记不清了,后来扑腾累了就睡着了,"他含着食物的嘴鼓起老高,"那个小子,"他指着热合曼,"一直表现得特别奇怪。"

杨穆没空去管行为奇怪的热合曼,也没心思去理一直照顾伤员的 Krys,对李潇的"咒语"更是全无头绪。再加上自己看到的两个朝湖的另一边走去的"古人",要不是吴城也出现了和他一样的"症状",他真的以为自己患了失心疯。

黑色长袍……胸前的赤火环绕太阳图……乌鸦口含黑蛇……他知道某些民族,部落的祭师通常都是一身长袍,戴着狰狞的面具,穿着本民族信仰的图腾,围着一方火炉唱祭词、跳祭舞,乌鸦口含黑蛇还不算是他看过最可怕的图案。《灵蜀居北》和他买的"黑书"中所述的"北巫临下,鬼宿西南"有什么关联？他摊开所有的资料，混乱和匆忙的笔记让他的胃一阵恶心。

  诊断：颈椎劳损导致头晕、恶心……
  病因：长期维持一个姿势，颈椎压迫神经……
  建议：适度运动，现发一套保健操手册帮助该生缓解病痛……

这是校医院的老医生给杨穆开的病历，他照着手册做了两次就把它扔进了宿舍的柜子，从此柜内柜外再无交集。

  他拿出一张空白的新纸，俯身写着已知的信息：
乌兰苍鸟，昆仑之阿……
南望瑶圃，爰有鹗雕……
泑水之上，良山美玉……
巨石之门，三碧合一……

  关于老齐，有几个特点是他身边的朋友都了解的，如饮食挑剔，择友严苛，虔诚的唯物主义者，不相信任何道听途说之类的非亲眼所见、亲耳所闻之事物，如果他实在感兴趣，一定会在亲自求证过后给你一个童叟无欺的答案。

他找了个借口离开了主营地，在确定不会殃及队友的范围掏出"凶手"。远处传来轰隆隆巨响，风从正面吹打在脸上，寒意瞬间渗入骨髓，他的手跟着颤了一下：羊脂白的玉琯身上缠绕着一条细长、口露利牙的蛇，细长的蛇信子绕

第六章

了玉琯一周,一副准备进攻的姿态……

这是他第一次近距离仔细观察玉琯,冰凉的琯身,让人不寒而栗的图案。他虽不像安子那般好古玩玉器,对玉石也不甚了解,却也能隐隐感觉此物非寻常物。

西王母……舜时……白环玉玦……玉琯……以玉作音……大脑像地下车库的感应灯,随着思维的移动而互相产生作用,时间在横向纵向伸展,空间也被无限放大,可以自由地在迷宫般的神经元之间穿梭行走……

三个蒙面长老,着黑色及地长袍,中间的长老对着火炉大声喝道:

"祁连之火,巫神之源,与吾族人,燃之不尽!"

旁边两位长老跟着重复:"与吾族人,燃之不尽!"

左边站立的长老从火炉里拔出一根烧得通红的菱形火钳,口中念念有词:"上古燧皇,九重通天,赠与神器,佑吾巫族。"

右边长老将水从金色的壶倒出,浇在火钳上,发出"哧哧"的声音,口中念道:"大荒之丘,玉龙之源,镇山族石,三鸟绕峰,万物尽有。"

…………

卜官宣唱:

"礼仪既备,钟鼓既戒。孝孙徂位,工祝致告。"主祭人神情肃穆地念:

"我仓既盈,我庾维亿,以为酒食,以享先祖。"

"维羊维牛，维天其右之。"
"先祖是皇，神保是飨。"
"骏惠我文王，曾孙笃之。"
…………

"萨比尔！我家中还有年轻的妻子和幼小的孩子，求你看在多年的友情分上，放过我吧！"

冰洞深处传来巨响，冰川正在向西移动，半个身子埋在洞里的男人苦苦地哀求站在他面前，同样面色苍白的男子。

"我的机会来了，你风光得够久了，"他举起玉瑁，咧着嘴喘着粗气，声调颤抖，"天神通过它显灵了，神一定是听到了我的祷告，我不会放过这个机会！"

他低头看了一眼即将丧命于此的好友，"你别怪我，这是命！"

老齐伸手试图拉这个可怜的男人一把，却扑了个空，他开始大喊大叫，希望阻止那个用脚踢开命悬一线的人，"住手！"

一阵眩晕，他整个人被吸出画面，凶手放肆地在这空旷无人的雪山里狂笑。

"上古燧皇，九重通天，赠与神器，佑吾巫族……"
"大荒之丘，玉龙之源，镇山族石，三乌绕峰，万物尽有……"

混沌中，他只记住了这几句话。

杨穆拿笔在白纸上匆匆记下，老齐已从刚才的激动到现在的反应迟缓。

热合曼的脸色倒是更加地难看，他支支吾吾地在杨穆身边转悠。

杨穆又开启了"闭关"模式，资料更新、信息重组就是这么繁琐：燧皇，火神燧人氏……"圜则九重"即"言天圜而九重"，上古神话中的天就是九重。有传春山上的县圃中有通天塔直通神地。"大荒之丘，玉龙之源"说的镇山族石应是上文提及的巫族神器，白玉琯。《山海经》中"十巫从此升降，百药爰在"的巫就是能通过天梯上天界达凡间，还能顺便采些神药给凡人治病的大牛，十巫登顶的山就在大荒之中，曰灵山，巫、灵古字可转……

《九丘》图中的"灵山"在珠泽之后，春山之前，是一座不打眼的小山丘，在经过了恢弘高耸的黄帝之宫和鸟兽众多的苍鸟山，就能到达盐泉围绕的灵山，最终抵达春山县圃的通天塔。玉龙应是玉龙喀什河，源头在昆仑山北部，以产白玉、青玉和墨玉闻名。许多采玉人常年驻扎在这里寻找上品和田玉料。

杨穆抬头看最远处的雪山，倒吸一口凉气，最北面的雪峰看上去陡峭险阻，裸眼看去就算有山道也难以抵达，"三鸟绕峰"和"三危之山"的三青鸟应该是同一个地方，想到这里他松了口气……

"城儿醒了。"安子在离他二十米处朝他挥手。杨穆简单拾掇一下图纸,他有很多疑问,那几个莫名的名字和老齐看到的幻象一样,"绝不是巧合这么简单。"

吴城人虽然醒了,但是他软绵绵地靠着行囊瘫坐着,瞳孔失焦,呆滞地看着围过来的队友。杨穆喊着他的名字,他停顿了一分钟才朝声源的方向望去,看来想从他嘴里问出什么信息暂时是不大可能了。

"为什么他的反应这么大?"Krys不安地问杨穆。

"我在想是不是和身体有关,"安子扶着瘫软的城儿,"我知道一些不好的东西喜欢找身体虚弱的人上套。"

"不好的东西?"她不明白这句话的意思。

"有些地区确实存在这种说法,阴气重的人容易惹上'它们'。"

杨穆把玉琯放在地上,戴着毛手套拨弄观察,他记得自己不止一次地裸手触碰过它,但从来没有出现所谓的灵异现象,"难道它在告诉我们大门所在的方向?"他对这个天才的想法拍案叫绝。

"一定是的!"幻象中那两个"寻宝人",和他们一样都是在寻找巨石之门,只是为什么吴城和老齐会目睹那场蓄意杀人案,真实性又有多少,他无从求证。经过深思和考量,他决定跟随幻象中的"寻宝人",放弃原先规划的路线,改为绕到湖的东面上山。

打头阵的是杨穆,他几乎把所有的行囊都背在自己身上。热合曼和李潇抬着担架走在队伍的中段,Krys和安子扶着还没回过神的老齐跟在最后面。白玉琯被杨穆用毛巾包裹好放进哥伦比亚冲锋衣口袋,绕过湖的草地还算好走,除了地上密密麻麻、形状奇特的小石子有些恼人。队友们穿的户外登山鞋比起热合曼的装备那是高了几个档次。安子虽对他颇有微词,也不忍看他受苦,主动提议把自己的鞋子换给他,毕竟抬担架脚掌要承受更大压力。原先热情开朗的热合曼变得沉默,"不……不用,谢谢。"他们得先爬过一段坡度不算大的山道,岩石路面平坦得几乎看不见坑洼。走在队伍最前面的杨穆起先还松了一口气,可第一脚踏上去就后悔了,上半身躯干先是朝前一个踉跄,双手胡乱挥动试图抓住周围的树枝稳定重心,手中的地图在空中随着风向飘了好几圈。Krys化身侠女踮起脚伸手在头顶上方一把抓住地图,若不是杨穆手里抓着树枝,他真想替她拍手叫好。

安子走在前方查看地势,他背着手,这架势一看就极不专业,"难怪你穿着专业的登山鞋也会打滑,这路面完全是溜冰场的配置啊!"

Krys像是想起了什么,"你们拿出穿过的旧袜子,"她嘴角上扬,像指挥后方的将士们,"套在你们的鞋子外面。"

新西兰的达尼丁城冬日路面总是覆盖着薄冰,人们往返家与工作地方的路上容易发生交通事故,如何防滑成为在那个城市生存的一项本领,所幸的是当地自古流传下来一个办法:将袜子套在鞋子外面能增加摩擦力,起到防滑的作用。

"你是怎么知道的？"安子是第一个响应的人，他单脚站立摇摇晃晃地脱鞋。Krys 赶忙扶住像在走钢索一般艰难脱鞋的安子，"我大一的寒假去新西兰的奥塔哥大学做调研，当地人就是这么对付冬季湿滑的路面。"

热合曼穿的军绿色胶鞋防滑效果比登山鞋好，安子以捧着一碗热汤的姿势走完全程，叉着腰居高临下地打量装备简陋的热合曼，"几十块钱的胶鞋居然在这场战役中完胜！"杨穆喘着粗气走到他身边，拍着他的肩膀，"不服不行。"

集市的小商铺里挂满各种军用胶鞋，有新型的迷彩厚底，也有改良版的军用解放鞋，老板听说他们是准备上山的游客，极力推荐一款黑色的作战鞋，还特别神秘地在安子耳边说："这可不容易搞到，内部货。"他举着鞋子演示，什么透气性强，柔软耐磨，鞋底含胶量是市面上最高的，达到 90%。

老齐听到这儿笑了，"那咱得把鞋带绑紧点，不然还没进山鞋都给粘地上了，一趟下来非得冻截肢。"

"我欠老板一句对不起，"老齐的声音夹杂着哭腔，"特想那双作战鞋，黑色高帮，特酷。"

大伙实在忍不住大笑起来，那笑声夹杂着艰辛、无奈和自嘲，回响在空灵的众雪山之间，与山崩的轰鸣声交织成一曲交响乐。

热合曼恢复了之前的活力，年轻人精力充沛，很容易就适应了陌生的环境。爬了一段山路后,安子和恢复体力的老齐替代他和李潇抬担架。为了让杨穆专心引路,热合曼接过杨穆身上大部分行李,跟在队伍的后段。

"郁郁葱岭,牧草肥美马儿壮;幽幽下都,宝石遍地果实硕。美丽的姑娘啊,我翻越塔克山,蹚过玉龙河。"他哼着轻快的歌曲,古老的调子搭配这荒凉的山岭,有一种进山如隔世,壮士不复返的悲壮感。

大家的情绪受到感染都跟着他哼了起来。

杨穆注意到"葱岭"和"下都"这两个熟悉的词。葱岭是帕米尔高原的古称,下都也有可能是昆仑之虚西北的帝之下都,古老的民谣里会隐藏多少有用的线索呢?而传说中的黄帝之宫也确实是个宝石遍地、草木肥美之地,可是葱岭和下都的地理位置相差甚远,不可能像热合曼歌词中描述的那么近。

"热合曼,'美丽的姑娘'前一句是什么?完整地唱一遍,不要跳过歌词。"

居然有人对他唱的歌感兴趣,他清了清嗓子,字正腔圆地再唱一遍:"郁郁葱岭,牧草肥美马儿壮;幽幽下都,宝石遍地果实硕。巍巍的山峰啊,阻挡着敌人的进犯!威武的雄鹰啊,守护着我的子民!美丽的姑娘啊,我忍受严寒,翻越塔克山,蹚过玉龙河,在良木生长的地方与你相会……"

"爰有鹗雕,昆仑之阿。"

"歌词里的葱岭,你知道在哪儿吗?"他有点激动。直觉告诉他古老歌谣中的葱岭绝不在荒漠之地,"葱在我们那里一直是生机勃发的绿色植物,告诉我们不要害怕艰险和困难,要有雄鹰的精神保护我们的民族,"嘻嘻哈哈的热合曼此时变得严肃庄重,他望着前方的雪山,眼神中透露着信仰的力量,"就能找到我们的归属。"

"什么意思?"李潇不知何时开始走到了队伍的前段,紧跟着他们,"你们不会也想寻宝吧!"

热合曼斜眼看他,一种鄙夷不屑的眼神,嘴角倾斜,"哼!我们才不稀罕金银珠宝,"他骄傲地扬起头颅,"神山就是祖先给我们最大的财富,死后我们的魂魄都会回归那里。"

这句话要搁在以前,热合曼非得被老齐虐个遍体鳞伤不可。

"你就不想说两句?"安子逗他。

他把头偏向一边,咬着嘴唇沉默不语。安子觉得大概是自己的时运来了,哑口无言的老齐和颜值爆表的美女,除开身处险境外还真是到达了人生的巅峰。

"这人生!"安子正美滋滋地继续做梦,听见李潇在前头喊:"躲开!快躲开!"

一块有人高的石头从右侧的山岩掉到他们走的山道中间,顺着坡向他们滚来。热合曼伸手推开杨穆躲过一劫,李潇刚好停下脚步,站在靠里的地方喝水,好让队伍能越过他往前走。石头快速朝抬着担架的三人翻滚而下,Krys脚下生风地跑到安子身边把他往里扯,一时间重心向外,吴城差点从担架里翻腾出来。

惊险过后大家很快恢复镇定，检查物资和装备，确定是否完好无损。杨穆发现了 Krys 的不适，她背过脸，右腿弯曲扶着岩墙。

他走了过去，"你怎么了？"语气还是冷冷的。

"没……没事，只是受了一点惊吓。"她背对着他，语气明显带有疼痛感。

他发现她右腿的脚踝悬空弯曲，整个身体偏向左侧，"大概是脱臼了。"

他顺着肩带把包放下来，让她的右手搭在自己的肩膀上，慢慢扶着她坐下来，"你不是医学院毕业的吗？扭伤的脚踝需要垫高、冷敷不知道吗？"

"我换了专业，在大二那年。"她声音小得像是怕惊扰了这份突然而至的小温馨。

他被她前后颠倒的语法逗乐了。安子此时疾步赶来慰问伤员，安顿好吴城外加检查担架花费了他不少时间。

老齐冲他眨巴眼，"这可是千载难逢的好机会呀。"

安子把背包放在地上让她的脚能抬高，血液回流可以减轻肿胀和疼痛，热合曼听杨穆说需要冷敷，早早用毛巾捧回一大包雪，他和李潇将雪堆分别包扎成几个简易冰袋。

"骨折了吗？"安子着急地问。

Krys 对他浅浅一笑，说："我想只是扭伤吧。"

杨穆像个专业的救护人员，忙着固定外翻的踝关节，在外围包裹冰袋，看到安子来了，他把东西递过去，留下一句:"交给你了。"然后径直朝老齐那儿走去。

她望着他的背影轻轻地叹了一口气。

安子的幸福来得快去得也快,虽然失落,但他还是接下了杨穆留给他的任务。

队伍目前的情况:

重伤者——吴城,病因:蛇咬伤,症状:昏迷;

轻伤者——Krys,病因:脚踝扭伤,症状:无法自主行走;

轻伤者——老齐,病因:玉琯魔障,症状:精神已好转;

轻伤者——安子,病因:情伤,症状:内心急躁、郁闷。

金发男子把橘红色GPS手持机放入裤袋,"这该死的地方!"他举着手机寻找信号源,可惜屏幕依然显示无信号,三个小时前发生的事件让他心有余悸。

"你不能拿出盒子里的玉璧,这是警告!"

背包里的那个东西可真邪门,"我可是受过训练的专家!"他庆幸曾在情报部门工作的经历。为了保证工作的顺利完成,他还是得向上级汇报这个事件,信号的时好时坏让他无法及时地与詹姆士沟通。他只能在有点信号的时候赶紧将录好的语音发出去。西恩对自己的野外生存能力一向很自信。在学校的时候,他的成绩可从来没有跌到第二名过,要不是工资远不能为他的骄奢淫逸买单,凭他的本事估计已经做到上尉级别。

马里布海边的豪华别墅,车库里停着四辆名贵跑车,房间里有风姿各异的美女。她们的身份有三流肥皂剧演员、上过封面的模特、富商养在深闺的年轻小女友,甚至有他偶尔路过加油站认识的小妹。

认识Krys前他不认为哪个女人能拴住他这个情场高手,可他在情报局的工作性质还是毁了这段关系,在做了一年半的"居家好男人"后,他又重新回到了美女扎堆的马里布海滩。

他打算干完这单就在詹姆士的海外公司任职,做个朝九晚五的公司高层人员。詹姆士在纽约公司总部大楼的顶层办公室向他保证,这次要是成功了,公司的规模会比现在大百倍,而身为大功臣的他,除了有一笔花不完的财富外,还可以随意选择任何地区的分公司任高层。

"稳定了,Krys也许会考虑回到我身边。"北京公寓的那次会面让他又一次燃起了复合的念头。"她忘不了我?"想到这儿,他舔着干裂的嘴唇,回味那个晚上和她重温旧梦的片段:粉嫩柔软的嘴唇,雪白的肌肤光滑得竟留不住遮体衣物。他摸着脖子上还未完全褪去的吻痕。"她忘不了我!"这次他很确定。

林桓不知道自己为什么会跟来,二十几年来他一直过着普通人想都不敢想的生活,一切都是那么完美,至少大部分的时间里他对这种生活状态很满意。他对父亲几乎没有印象,母亲为了弥补他在成长过程中缺失的父爱,把大部分时间都花在赚钱上。母亲原本只是个高中语文老师，他也不知道母亲哪来的资源和头脑，极短的时间内就能积累那么一大笔财富。

"你了解你父亲吗？"赵子健问他，"你母亲为什么从来不提起他？为什么要藏着掖着？"

他不否认自己对父亲有过怀疑，童年被人问起父亲他总是骄傲地说父亲是英雄，被一帮不谙世事的同龄人嘲笑说他是骗子，英雄怎么没有出现在报纸、宣传栏上？

母亲总是没时间回答他的问题，好在金钱在这个时候如期而至，在利欲熏心的社会，总算没人再问他这个问题。

"你就没想过弄清楚这一切？"赵子健深谙这个世界的游戏规则。

"谜底即将揭晓。"林桓紧握的拳头渐渐舒展，长出一口气，赵子健知道他的目的达到了。

"老师，西恩留了六条语音短信，"詹姆士扬着手机，"我有些不明白。"赵子健闲庭信步地走过去，他认为自己掌握了一切。"我们一起听。"他招呼在沙发上服药的林桓，现在他们是一个团队，信息的公开分享是表达团结和信任的最佳方式。

詹姆士把手机放在桌子上，Space 公司的通讯业虽然盈利甚微，但他们的手机研发业务在政府方面却非常受欢迎，可能鲜有人问津，所以黑客们不会花太多时间去攻击他们的漏洞。他按下屏幕左下方的黑色按钮，西恩的声音显得轻快和自信。

第一条：

"嘿，老板，这儿的信号真的见鬼了，我……已经收到……她的坐标。"

第二条：

"真他妈邪门，我看见一些东西，我发誓没有打开木盒子，"扬声器中传来西恩慌乱的声音，"那个东西在引诱我！"

赵子健阻止他继续播放下一条语音，"先停下，再放一遍。"

詹姆士紧张地问："您告诉过我那个东西只是钥匙，难道……"他不知道用什么词语去形容。

年近七十的赵子健从未显老态，没有老年人特有的迟缓和悲观，对任何事物都保有年轻人般的好奇和浓郁的兴趣，但他确实是年近七十的老者，比他年轻的詹姆士和林桓听到西恩的留言都出现不同程度的焦虑和紧张。

"这很正常，它知道自己回家了。"他语调平缓，仿佛没有什么事能让他激动。

郢都，楚国宗庙。大巫师绾天未亮就开始在宗庙里排兵布阵，楚先祖以重黎为首列于大庙，位于正中，楚开国先祖季连居左庙，祭品按照"少牢之礼"依次奉上祭台。

大祝绾立于庙门前，黑袍上的金线随着太阳的升起泛光，晃得站立在主道两旁的巫官睁不开眼。大祝双目直视太阳，特定时间一到，他握着金杖的左手扬起。左边的巫官打开手中的帛书唱诵祭文,金杖在空中划动几下,右边的巫官依次朝宗庙外围走去,他们手捧祭品对着四方行礼。大祝转身绕着宗庙顺时针拨弄祭品,口中念道"以享神灵"。

礼毕,进入宗庙,大祝辅佐楚王依次行礼、献祭品、念祭词,最后返回主庙。大祝将悬挂在腰间的金帛取下,放至祭台,楚王跪于先祖牌位前,述说此次行祭的缘由,向先祖述求愿望。

礼毕,大祝将金帛包裹的玉璧塞入跪垫下方,楚王起身由左侧门退出宗庙,临走,他看了大祝一眼,赵绾的眼睛从放下玉璧伊始就没离开过跪垫。

他对着大门喊:"进!"巫官领着楚王的大儿子招进入宗庙,下跪,膝盖压住了跪垫下方的玉璧,还未开口就从跪垫上摔了下来。他正要重新跪上去,大祝说了一声,"礼毕!"大王子疑惑地看着他,揉着膝盖离开宗庙。二王子和三王子无法接近放着玉璧的跪垫,只能站在离它两尺远的地方,四王子甚至无法进入宗庙,他尴尬地站在门外等待大祝的指示。

楚王焦急地在侧室等待结果,赵绾的脸越来越阴沉,他盯着跪垫试图与它取得联系。他只能向楚王如实汇报结果,玉璧没有选出楚国的下一代君王,这可不是吉兆。"玉璧不会错。"他的步伐沉重、缓慢,走进侧室,生性优柔的楚王吓得瘫坐在地上,面色发青。按照礼节,大祝在宗庙扮演的是凡人与灵界沟通的半神角色,不能与凡人有肢体接触,他只能麻木且冷漠地看着瘫软在地的王。

第三条：

"詹姆士，我不能再忍受这个东西了！它在控制我！它会毁了我！"电话那头的声音尖锐刺耳，西恩像是个得了被害妄想症的病人，偏执且疯狂。

"你没有警告他玉璧不能拿出来吗？"赵子健质问。

詹姆士极力辩解，"我提醒过他，不止一次。"

赵子健拿起手机不停地拨打西恩的号码，他冷静得有点不合常理。"过了北谷村，所有电子设备都会失去作用。"

湖水的倒影出现了一张棱角分明的俊脸，如果非要寻找瑕疵，那只能是俊脸下巴的那道疤。身后传来虚弱的声音，"你到底是谁？"邢天意被俘的日子，一直在猜测对方的身份，最开始认为他是萨迪克老人的仇家，打自己离开新疆，他总觉得"身后有影"。

"这很重要吗？"他回头，"时间一到，你们都得死！"西北方向吹来一阵寒风，躺在草地上的邢天意冻得瑟瑟发抖。邢天意看着他，身着单衣竟没有一丝寒意，"你是人还是鬼？"

"哈哈哈……"空旷无人的荒原，笑声像极了某些恐怖片的情节。邢天意想起了岛国的惊悚片《逃亡》，男主开着车逃到一处荒野，女主下车解手时被跟踪的人俘获，男主绝望地问神秘人："你究竟是谁？"

"你很快就知道答案了！"

"你读过《异物志》吗？"杨穆突然想起这本被传统文化归类为志怪小说的书，里面充斥着常人看来匪夷所思的内容。西南有一种能看清五脏六腑的铜镜，还有身披金甲的马车，驾着它能穿梭云海，一日内到达万里之外的异域，更有能工巧匠者制作出与真人难辨的假人，上演救主的感人戏码。

老齐点点头，"大学的时候，你们俩成天找些怪书折磨老教授。"如今老齐亲身经历过那些如同真实地出现在面前的幻象，"你说那本书的真实性有多少？"

杨穆摇摇头，"不好说，先秦的神话故事终结于项羽的那把大火，所有的宝贝魂归咸阳宫，除非有时间机器让咱们回去瞧个明白。"

"你说咱们手上的那个会不会是沧海遗珠？"

杨穆眼睛一亮，"你是说白玉琯和秦教授的玉璧都是上古神器？"想着裤兜里装着来自远古的礼物，他心跳加快，虽然这趟旅途本就充满刺激，"想不到爱看闲书的嗜好居然在这个时候派上用场。"

"快来！"安子在前边兴奋地挥手呼喊，杨穆让李潇和热合曼放下担架在原地等候，他和老齐一起过去瞧瞧。他们终于了解安子为何这么激动，他结结巴巴地对二人说："你……你是对的！"说完狠狠地拍了拍杨穆的肩膀，"太牛了！"杨穆揉着拍疼的肩膀，朝 Krys 指的方向望去："三危之山，三青鸟居之……"

"三鸟绕峰，青鸟所解……"

第六章

"乌兰苍鸟，昆仑之阿……"

说实话，杨穆对眼前出现的山群在脑海里有另一番想象，海拔低于周围山峰的三座山被绿色植物覆盖，这和白雪皑皑的山峰呈鲜明对比，"咱们得先过玉龙河，"他拿出地图，指着一条虚线，"就能到达'三乌绕峰'的三危山了！"冷空气这时也变得不那么刺骨难受，倒像夏日里突来的一阵凉风，整个身体清爽消暑。

"穹顶环绕，地势若莲花……"李潇的声音极小，邢天意对他说过的话此时像电影片段涌上心头，与眼前的情景完美结合。李潇双手握拳，一股热血瞬间唤醒身体的每个细胞，已经消亡的希望又重新燃起。他告诉自己不能急，绝不能急。"我是没想到这里还会有绿洲。"

"这属于典型的西北干旱气候，"躺在担架上的吴城突然醒了，把站在他身边的两个人吓了一跳。热合曼高兴地扶他坐正，"你刚才说地势若莲花？这是什么意思？"

李潇没想到吴城听到了他刚才的自言自语，"我……只是有感而发，随口说的。"

杨穆听说吴城醒了，赶忙跑过来向他这个"前任队长"汇报进展。吴城脸色苍白而憔悴，从和他对话来看，思维逻辑倒恢复得挺好，"到了三危山，然后呢？"

"我一直认为'黄帝之宫'在'三危山'的南面，"他低头看图纸，"看来我错了。"说着拿笔在上面做标记。

杨穆在大家的强迫下继续休息，什么图纸和白玉统统放到一边，说来也奇怪，身子稍稍靠着背包，人就跟断电般失去意识。

"郁郁葱岭，牧草肥美马儿壮；幽幽下都，宝石遍地果实硕。巍巍的山峰啊，阻挡着敌人的进犯！威武的雄鹰啊，守护着我的子民！美丽的姑娘啊，我忍受严寒，翻越塔克山，蹚过玉龙河，在良木生长的地方与你相会……"

"我这是在哪儿？"立在他面前的树丛高得不见顶，他抬头寻找声源，熟悉的旋律立体得像是一道无形的网，环绕着他。

突然，歌声停止，一个男声从他耳边传来，"你是被他们选中的！"他左右张望，确定四下无人后开始慌乱，他想逃，逃脱这张无形的网，可脚下像是生了根，无论怎么使劲也迈不开腿。声音由上及下，"你跑不掉的，你们都跑不掉！"他想喊，张着嘴却发不出声，他知道自己在做梦，拼命地挣扎也无法逃脱这场噩梦。

恍惚间他好像看见曾经出现在幻象里的那两个"古人"，他的眼睛像是被蒙上了一层纱，其中一个人面目扭曲，张牙舞爪地嘶吼着，另一个衣衫褴褛的男子目光呆滞地站在他面前，散落下来的乱发中掺杂着一些碎石和树叶，空洞的眼睛直勾勾地盯着他。

突然，男子像是得到了某种信号，一双枯手颤颤巍巍地伸到他面前，握紧拳头的双手缓缓展开：精美绝伦、五光十色的宝石，他的眼睛在几十道光的刺激下无法及时接收影像传递给大脑，他下意识地用手挡了一下，一个瞬间片段，他好像看到男子张着嘴和他说话,他使劲地眨眼睛试图恢复视觉,可眼前的男子却越来越模糊……

平缓的河面上漂浮着些许杂质,颜色浑浊泛黄。

"这还是《九丘》里写的那个'甘甜沐夏,色如碧璋'的神水吗?"杨穆心里咯噔一下,头皮发紧,背上的包比一个小时前似乎更重了。

大伙谁也没发现他的焦虑,他们信任杨穆,毕竟"三危山"就在眼前可视的范围内。"大帅,听说这水喝着如夏天的冰饮,凉透五脏六腑,"安子挽起衣袖,接过热合曼递过去的小桶,准备给大伙一人来几口,"可这色,有点……"

老齐趁他迟疑的片刻,夺过小桶,"这叫障眼法,你弄个豪华型的水池子,不明摆着给人发现吗!"

横在他们面前的河水,随便哪个山沟里的水质都能秒杀它,"喝起来肯定是甘甜爽口,如沐春风……呸……呸……"

安子幸灾乐祸地看着在一旁洗舌头的老齐,"哟,想来是甘甜过头了。"

老齐不服气,他拿桶在水面上拨了好几层,确保进入桶内的水质是上乘良品,"刚刚太大意,混进泥巴了,这次肯定……呸……呸……"

大家都被近似小品的桥段逗得乐不可支,杨穆却笑不出来。"乌兰苍鸟,昆仑之阿,"大脑中的记忆宫殿储存古汉字的角落，是一面嵌入式的木柜抽屉，"阿，大陵也，多指高的山丘，也指山坡、曲隅、角落、水边……"另一面归类为"闲杂书籍"的抽屉突然自动打开，吸引了他的注意，他放下《楚辞》走了过去，与其说走还不如说是飘，拿出那本跳动的《异物志》，书本如神灵附体疯狂地自动翻页……

"它在保护自己！"他卸下背包，掏出巴拉提给的盐袋，右手托袋、左手掏盐洒向河水。大家屏住呼吸、脖子伸得老长，静待"神迹"的出现。

"我说，"安子步伐轻盈地飘到老齐身边，"要是出现尼斯湖怪那种级别的怪兽，"他朝左边的方向指，"先跟你说一声，我朝那儿跑。"

老齐紧张地看着湖面，有些恼火，"你跟我说这个干吗！""咱们先讲好，到时候跑起来不会撞到一块儿去。"他一本正经地说道。

老齐闭上眼，深呼吸，小声默念："1、2、3……10。"

就在大伙的注意力和焦点都放在河面之时，吴城突然感到一阵眩晕，眼前的群山和河水先是挤压到一块儿，然后上下颠倒，渐渐地在瞳孔里变得黑白、模糊……

"泐水之上，良山美玉……"

他站起身，脱掉身上的衣物，一瘸一拐地朝河水深处走去，热合曼回头发现担架是空的时候，吴城已经是水没膝盖。热合曼大喊一声，安子还以为是怪兽出现了，牵起 Krys 的手就准备按照原路线跑。

"城儿！你干吗！"老齐几个往前飞奔，李潇跑到他身边伸手制止。

"不要阻止他!"杨穆突然大叫。他们瞬间停止了行动,喘着粗气回望杨穆,一副莫名其妙的表情。吴城的背影很快消失在大家的视线中。

安子急得直跺脚,"杨穆!"他好多年没有直呼杨穆的名字,"你想害死城儿吗!"他带着哭腔冲杨穆发火,"混蛋!"他从大学起就像个小跟班一样在吴城后边不停地制造麻烦,从来都是身材高大的吴城负责善后。

老齐拦着要下水的安子,"大帅是不会错的。"他心里其实也没底。

第四条:

"詹姆士,我迷路了,"电话里的西恩喘着粗气,"它扰乱了所有的电子设备,我无法准确定位!"

愤怒中夹杂着恐惧,他已无法控制自己的情绪。冷静对于一个需要在野外生存下去的人来说比强壮来得更为实际。

"它是魔鬼!魔鬼!"

西恩发了疯似的在电话那头喊道,"我们都要死!都会死!"

颗粒般大小的汗珠从詹姆士的头顶滚下来,后背像被人泼了瓢冰水,身体瞬间僵硬继而脆弱。

"老师,我们下一步该怎么做?"

赵子健望向低头不语的林桓,"原计划进行。"

"哈哈哈,原来这就是'玉龙之源'!"一个陌生男子站在离他们不远的斜坡处,他身后跟着捆绑如刑囚的男人。

"果真没看错人。"他深邃的目光直勾勾地看着杨穆。吴城不见后,大家各怀心思地坐在河边,等待神迹降临,半个时辰过去了,希望的火苗渐渐熄灭,只剩下一缕青烟。

谁也没注意到不速之客的出现。

"你就是绑架李潇的朋友,一直跟踪我们的人吧。"杨穆表情平静,一副早已料到的样子。老齐握着登山杖的手一阵发紧,眼睛死死地盯着来人。

"你们不必剑拔弩张地看着我,"男子自信地说,以人数来说杨穆一行占着绝对的优势,毕竟他只一个人,身后虚弱的邢天意连替他们摇旗呐喊的力气都没有,"我们不是敌人。"

"那你还把他打成那样!"安子愤怒地质问道。

"不,"男子优雅地转身,指着邢天意说,"他的伤可和我没关系。"

邢天意背着行囊,回头不放心地交待李潇一些基本的野外救生知识,如遇蛇袭击该选择怎样的逃生路线,或者碰到外伤该如何处理等,李潇笑着说他是个事儿妈,还当自己是当年那个被欺负了只会哭的小男生。

"咱们对一下时间,"他们举起手臂,"你再好好检查一遍，可别落下什么重要的工具。"

李潇白了他一眼，"你都说了八百遍啦，我从昨晚就没干别的，一直在检查背包，循环、循环。"

邢天意选择的是最险的山路，看样子是条百年都无人幸临的险道，他之所以要走这条路线完全是因为萨迪克大叔给木匣子时对他说的一句话。

"伏羲洞在悬崖峭壁、人迹罕至的地方，你遇路择险行。"如《桃花源记》中记载"初极狭，才通人"，然后就"豁然开朗"。李潇没有他那样的野外技能和体魄，让他走险道等于是白费功夫。

他朝李潇做了个 V 字手势，自信地朝山谷深处阔步走去。与其说是山道，还不如说是条细长歪斜的小土沟，蜿蜒曲折地通向山顶，望不到尽头。他双脚呈内八，沿着小沟两边的硬土往上踩，"这可比爬雪山容易多了。"他信心爆棚，征服过喜马拉雅的人还怵这小小的香山吗！爬了不到一个小时，他开始觉得不对劲，胸闷气喘得厉害，他抬起手臂，显示海拔的区域："一"，他想起第一次上雪山，头晕、呼吸困难，"这可是典型的高原反应！"

这座海拔看上去几百米的小型山脉，虽然山路崎岖极险峻，但是顶多跌入山崖摔死或被蛇虫鼠蚁咬死、毒死，不至于缺氧而命丧荒野。

他用开山刀人工劈出一块空地，把包往旁边一扔，整个人半躺着休息。邢天意自认为是个心脏很强大的人，越是惊险刺激的户外项目他越要参加。

他大口喘气,缓解胸闷的症状,从口袋里掏出巧克力棒。几分钟过去,体力也恢复得差不多了,准备起身继续行程。一道细微的光从他眼前掠过,他眯着眼用手挡着光,试图看清楚光源,可是它很快地消失了。

"太阳光还能透过这么厚重的树林进来?"他仰起头,高耸的树木层层交替,程度堪比城市的建筑物,就算是下暴雨也未必能淋湿树下的人,他转而认为是自己身上的某些金属物件折射出来的光。

邢天意生平第一次有了恐慌的感觉,李潇说他是个见了棺材不仅不掉泪还总琢磨着开棺的货。心脏剧烈地跳动让他重温了一遍幼时家庭巨变,仿佛天一下子黑了,对未来甚至明天上学都充满恐惧,只想蜷缩在墙角祈求时光逆转回到变故以前的生活……

他不是一个喜欢回忆的人,不管是好的还是坏的,他都选择仰望未来的生活,可这一刻,所有的痛苦都打包成箱在他的大脑记忆中枢靠岸停泊,许多他以为忘记的痛苦如洪涝冲了回来:一个身材瘦长、脸色苍白的小男孩眼眶含泪,抿着嘴,手紧紧地扯着泛黄的白衣角,上面的卡通图案已经褪色得看不出来。几个同龄男孩围着他,稍胖点的那个声音最大,"你是大贪官和神经病的儿子!"

其他的男孩笑着推搡他,跟着附和,"你就是个没人要的孤儿……"

"孤儿……孤儿……""大贪官……神经病……"邢天意双手掩耳,声音透过他的手掌传入耳朵,他好像又回到了

第六章

当年那个瘦小的身体,那些男孩又站到了他的面前,这一次他不再忍着眼泪沉默,他红着眼准备挥动拳头,尽情释放积攒了十几年的怒气。

"你们走开!"一个稚嫩的声音突然出现。他穿着干净的白衬衣,老远就能闻到衣服的香味,他拉起邢天意的手,替邢天意抹去不小心滴落在脸颊的泪珠,"天意,咱们走,不要理这些坏家伙。"

"李潇,他可是扫把星,谁要是和他好会倒大霉的!"

"对!我妈就不让我和他玩,他妈是神经病,会打人的!"

…………

邢天意双手抱头,跪在山坡,好几次失去平衡,翻了跟头,脸被树枝和小石头划开了口子,痛苦的回忆轮番攻击,他终于忍不住大声痛哭,"我妈不是疯子……她不是……"

他偏离正道朝树林里跑去,裸露的皮肤被尖锐的藤条划得面目全非。他恨父亲的愚蠢,害得母亲经受非人的折磨,让自己过早失去了孩童应有的快乐和尊严;他恨当年的自己没有挺身而出,教训那帮嘲笑母亲的人……

不知道跑了多久,背包也丢了,他才醒过来,"我这是怎么了?"他摸着还残留在脸颊的泪水,剧烈跳动的心脏和奔跑让他头晕目眩,一个现实的问题马上跳了出来:背包丢了,没有了食物补给和装备或许还能凭直觉走出去,可是图纸没了!一股凉气从尾椎往上冲直达后脑勺,他像猎犬一路寻踪觅迹往回找，可所有的印记像是凭空消失，所穿登山鞋的鞋底特殊，怎么可能没有留下一点鞋印呢？

突然，他看到右前方的树林里有一道绿光，恍恍惚惚地晃动、消失、出现……如此循环了两次，他开始觉得这不是巧合。顺着光源走上前去，心中忐忑，脑子里臆想出几种将要发生的场景，虽然可怕，但直觉告诉他，这或许会有什么不一样……

"秦教授也是你害的吧！"老齐额头两旁的青筋暴突，"你费尽心思把我们弄到这里，究竟安的什么心！"他指着神似流浪汉的队友，安子原本圆润的脸颊现在肉松松垮垮地耷拉着，杨穆双眼深陷，布满血丝，从肤白肉细到干裂粗糙。

"说起秦教授，我倒要好好地谢谢他，"他的目光一直没有离开杨穆，"他可帮了我大忙。要不是有人从中作梗，我的计划早就达成了！"他突然变得愤怒，"不过，"他深吸一口气，"好在我抢在了他们前头。"说完，他用复杂的眼神看着 Krys，上下打量。

安子立马挡在她身前，"你看什么！"Krys 红着脸，低头躲避与他眼神的接触。

"哈哈哈哈，"他轻蔑地看着灰头土脸的几个人，掏出挂在胸前的挂饰，"这个你们不会不认识吧？"杨穆一眼就认出来，因为在他的口袋里也有这么一个，"你们应该已经见识过它的威力，不用我再展示一遍了吧？"他自信满满地说。

　　一帮在轮回里挣扎的凡人居然妄图窃取神器！

　　老齐转头看杨穆，一脸困惑地问："这……是怎么一回事？"

　　"这就对了！"杨穆突然来了这么一句，"我们猜得没错，'三碧聚合'！"

　　巨石之门，三碧聚合，金乌之口，玉璧逆行……

　　李潇安静地站在离来人最远的地方，出奇地冷静和淡然。安子分析道："就算我们集齐了'三碧'，没有玉璧，也一样打不开'巨石之门'啊！"

　　杨穆手按着裤兜，隔着布料抚摸玉琯，心里咯噔一下。男子像是看透了他的小心思，嘴角上扬，用傲慢的语气说："你们需要做的就是找出'灵山'，"他扯下脖子上的白玉，"至于秦教授，我会把真凶带到你们面前。"

　　杨穆还在思考男子提出的条件的可行性，突然感到脖子一凉，一把亮闪闪的匕首折射出来的光让他知道这已经没有选择了。

　　"李潇！你干什么！"老齐离他最近，可他的速度太快了，而大家的目光又全都聚集在另一边，老齐还没迈开腿子，行凶的人先发声。"你们都别靠上来，"他的声音颤抖，手也跟着抖，"我……我没得选择！"

　　安子眼尖，他伸开手臂向凶手表示自己没有恶意，"我们不会上前，可你的手也别抖，刀下可还架着人呢！"

　　措手不及的队友们也加入了规劝的行列，"你有什么条件,咱们都可以商量……"

"千万别冲动。"

"看来你们会乖乖合作了,"男子俊秀的脸庞实在无法让人把他和阴险、狡诈这类贬义词联系到一起,"那个玉琯可以还给我了吧!"

常年无休的大脑因恐惧短暂地断电了一分钟后又开始重新运作,"他为什么要用'还'这个字?"

"深陷的眼窝,高耸的鼻梁,薄如纸的嘴唇,头发微卷,肤色较浅,体毛较浓密……"他记得大学旁听人类学时,身材微胖的教授在讲台上放着一张身穿浅黄色衬衣的欧洲小孩的幻灯片。

"高加索人种的孩子很可爱吧?可他们长大后的秃顶概率会大于我们黄种人……"

课堂下笑声一片。

眼前的男子面貌与热合曼相似,但较之土生土长的新疆男子,他更为高大,体形更为健美匀称,眉宇间像是有股散不开的忧郁,直挺的鼻梁下两片薄唇恰到好处地雕刻在棱角分明的尖脸上,举手投足间的儒雅让人无法相信这是一个绑架犯。

"我们还要等我们的队友!"杨穆一直相信《异物志》里能治愈顽疾外伤的神水就在这里,所以才放任吴城自杀式的行为。

男子望着湖面意味深长地说:"他不会回来了。"

"我在哪儿？"

金发男子站在透明如镜的瀑布旁边，呆滞地看着急流击打河里的岩石，激起水花四溅。他身后的背包歪斜地倒在一边，右手拿着一个沾有泥土的橘黄色 GPS 手持机，左手紧握的黑色手机在耗尽电量后再也无法开机，他试图理清两个小时前发生的事。到这里前，只记得是一棵大树袭击了他，当时他有些疲惫，倚靠大树补充点能量，眼皮渐沉，昏睡过去，耳边传来一阵骚动：

"绝不能让他找到我们的圣地！"

"我们不能被找到！"

"他不守信用！我们救了他，他居然泄露我们的行踪！"

他陷入慌乱，拼命睁眼却只能撑开一条小缝，他依稀看见几道影子从身边闪过，一股巨大的恐惧感袭来，他憋着一口气试图让自己清醒，但是大脑与四肢失去了联系，他觉得自己八成是要落到这帮陌生人手里，准备不再做困兽之斗，一个声音飘然而至，"是谁让你来的？"

他一张嘴，居然能发声，"你们是谁？你们对我做了什么？"身体却还是不能动弹。

"你身上的玉璧是谁给你的？"声音仿佛从天而降，笼罩在西恩的头顶。

"商业机密，我不能说。"他还是有职业操守的，身份泄露也绝不能供出背后的老板，入行的第一天他就被告知这条行规。

窸窸窣窣的攒动声响停止了。西恩大腿外侧一阵麻，他瞬间醒了过来，下意识地拿手去摸，手掌被一片深红色的液体糊满，随之而来的是剧烈的疼痛。

他环顾四周，除了身后屹立着一棵巨大的树外，再无可视的物体，最可怕的敌人是在你看不见的地方监视着你的一切。多年的职业习惯告诉他，逃跑并不是可耻的行为，事实上他也习惯了逃跑。

他举起 GPS 手持机，TFT 彩色屏幕就算在强光照射下也不会干扰人的视线，可在这个时候高科技似乎帮不了他，因为屏幕里的画面定格在上山前的数据，无论怎么关机、重启都失去了作用。大腿的伤口用多余的衣物做绷带止血，止痛药让他的反应迟缓了许多。

"玉璧！"

他回头看倒在地上的背包，詹姆士临行前的嘱咐，大脑一时糊涂一时清醒，有点儿像刚进入情报行业那会儿。他因为长时间精神紧绷而导致失眠抑郁去看了心理治疗师凯文，他是许多好莱坞明星的治疗师，他的技术可比名声大多了，除了专业的心理疏导，天蓝色的小药丸也是他的法宝之一。

西恩的疗程还没结束，就已经满血复活、积极上岗了，后来虽然再也没有躺在凯文位于马里布豪华诊所的"治疗椅"里倾诉烦恼，但总会定期采购这种具有神奇功效的蓝色小药丸。

动作缓慢……表情呆滞……琐事和压力像一片云,越飘越远……轻飘飘地飘浮在海绵上……大脑停止思考,也无法思考……四周的海蓝,不着边际……金色的沙子……绿色的植被……黑色头发、白皙肌肤的女子坐在沙堆里,海水冲上岸,冲到她的脚边……"你应该好好享受此时、此景,"伴着海浪冲击上岸的"沙沙"声,她回头轻笑,"还有我。"

她慵懒地向后倾,双手支撑身体,性感的身体曲线一览无遗……

"我怎么会放弃这么美好的事物?!"他喃喃自语,突然伸手奋力一扔,没电的手机在空中呈一道抛物线,落入瀑布深处的河流……

他感觉自己的身体有一种似曾相识又前所未有的轻盈,体内的杂质和病痛渐渐地远离主体,没错,他能感觉到身体细微的变化,毛发的生长,皮肤老化的角质开始脱落,细胞的分裂、分化、死亡……

他像拥有了超能力的人类,不必动用四肢躯干就能与自然互动,不用鼻子去嗅就能感知花香,不用视觉去看就能感知周围的美景,不用双腿去丈量就知道路宽……所有的感官混为一体,身体时而化身为一条河,时而是一棵树,有时甚至是一方沃土,有时又是呼吸间的空气……感官像是失去了作用又像是变得前所未有的强大,他觉得自己在飘浮,从未感受过的自由……

"大荒之丘,玉龙之源,镇山族石,三乌绕峰,万物尽有……"

"乌兰苍鸟,昆仑之阿……五色四隅,弱水环渊……爰生三足,居汤扶木……弱水所浴,南渊中容……"

他随着悠远的古调飘然而行,一条长廊出现在他的正前方,两旁十几米处的树丛上挂满金灿灿的树叶,远方雪白的山层层递增。他能感受到风吹动树叶上的露珠、脚下的杂草。闲庭信步地走在木制的长廊上,身体轻盈畅快,美好得像是一场做不完的梦。一个耀眼的光点映入眼帘,奇怪的是却不晃眼,他被牵引着朝光点走去。绿宝石颜色的溪水绕着长廊缓缓流过,光滑的石块静静地待在水底。他心中出现"庄生晓梦迷蝴蝶"的桥段。

"究竟是我在看石头还是石头在看我?"

走了没多久,光点渐渐地变成一座金黄色的宫殿,越靠近宫殿变得越大。九根巨大的圆柱屹立殿间,支撑整个建筑,殿前立着几排尖顶的小塔。他感觉自己的身体轻飘飘的,思维在可视的范围内任意游走,在这里仿佛没有时间的限制,空间无限伸展。进入宫殿,阶梯式的台阶从高处层层落下,他每上前一步就会出现一个台阶,像是行走在云端,前望不到顶,后触不着边,前景未知却也不害怕。他喜欢这种状态,像个初生的婴孩无知无畏,又充满好奇。

上行了有百余级台阶,一片开阔的空地出现在他面前,乳白色的圆柱整齐地排列在两旁,右前方摆放着一套金色的编钟，左前方则依大小之序安置着武者使用的器械：刀、剑、矛、弓……经过拱形的小桥走到了大殿的尽头。他手摸着、耳贴着冰冷的墙壁，确定歌声是从里面传来……

"你能告诉我为什么吗？"杨穆的喉咙像赤火般灼热。

男子深邃的眼睛透着一股神秘劲儿，就像长得好看的人不说话都让人产生想去了解的冲动一样，"你会知道的，"他停顿了几秒，"迟早。"

"你现在要做的就是帮我找到'巨石之门'，"远处传来的轰隆声给这场未知的旅行增添了戏剧性的色彩，"这也是帮你们自己。"

Krys 跟在队伍的后段，步伐缓慢，安子一直扶着她。她能感觉到他的手在颤抖，他害怕了，事实上，她也害怕，打从口袋里的手机不再震动开始，她才真切体会到孤军奋战的味道。虽然她并不认为自己跟詹姆士、西恩之流是一伙的，可他们却有着不可分割的关系，至少白纸黑字的合同上是这样写着的。

老齐低着头走在安子前面，腿无力地摆动，鞋底摩擦地面发出的"咔啦咔啦"声像极了他无规律的心跳，偶尔抬眼看走在队伍前段的杨穆，他感觉到血液在体内狂奔欲出，大脑中负责"愤怒"的神经元全数激活，如果不是身处这样的环境，真想把杨穆暴揍一顿，他不明白为什么要和绑架犯结盟，也不理解为什么放任吴城沉湖不管。他回头瞪了一眼后边那对"苦命鸳鸯"。什么狗屁兄弟！

"高原上每一点氧气都是极为珍贵的，生气会耗费过多的氧气。"曾是校体能队队长的吴城跟他说过。

"你知道该怎么做。"电话那头的声音有着让人咬牙切齿的自信。

他从小乡镇的电信营业厅走出来，刚把复制好的SIM卡放进几年前使用过的手机里，这是他的家庭手机。父亲的公司曾经是该手机的总代理商，销量虽然一直不好，但好在一直有一批企业订单。

"这绝对是市面上最安全的手机，保证企业来往的邮件和信息的绝对安全性，这是我们自主研发的绝对加密技术。"父亲在发布会上用了三个"绝对"来说服企业采购。

李潇和所有年轻人一样，功能的多样性和外形的时尚才是他关注的重点，这部手机显然不合他胃口。单调的色彩、3.5英寸的屏幕，硅胶按键比起虚拟触屏按键要真实得多。他挂断电话，大脑一片空白。

碧绿色的小溪横在他们面前，雾气任性地弥漫在山间，自由地游走在这片金绿色的世外桃源。吸入鼻腔的空气清除了滞留在体内的晦气，一吸一呼之间，仿佛整个人从内到外焕然一新。

光滑的小碎石安静地躺在小溪流里，时光在这里仿佛没有长度，两岸的树木，春去秋来生长落叶只是弹指一挥间的光景，一生一长已是千年。

但是背着沉重行李的热合曼熬不住了，他张大口往里送气，心脏的不适像瘟疫一样传遍全身，双腿如灌铅般沉重，寸步难行。

"咱们换一下行李吧。"老齐不知何时走到他身边，注意到这个一路活蹦乱跳的小兄弟有些乏力疲惫。

"不……不用了吧。"他感激地看了老齐一眼。

他伸手一摆，热合曼瞬间感到肩膀一松，呼吸也舒畅起来，他合上嘴用鼻腔使劲吸了口气，氧气通过血液快速运送到身体各处的细胞，体内积压的二氧化碳也随之排出体外。

他仰起头做缓解肩颈肌肉酸痛的动作时，才有"闲情"打量自己身处的环境，他四处乱飞的视线不小心和行走在队伍前段的"不速之客"对上了，吓得他赶紧低下头。

"你，"男子转身指着热合曼，"过来扶他。"

邢天意弯着腰，双手被捆绑在身后，整个身躯左右摇晃地拖着步子行走，好几次眼看就要失衡摔倒却又在最后关头稳住。

老齐跟在他身后跟待命似的，但他有点看不清目前的局势，也不知道自己该如何自处。他从一开始就不相信Krys，总觉得这个外表如坠落凡尘的异域女子藏着不可告人的秘密，安子是结识多年的好友这不可置疑，可他已经落入美人的圈套，李潇手上的刀还紧紧握着，也不知道杨穆是怎么想的，身边一堆来历不明的人还能安然自处！

他瞪着杨穆的后脑勺，恨不得拥有超人的热射眼把他的脑袋射爆。至于邢天意,他更有一堆的问题,按照李潇的描述,他的好友应该是一个浑身肌肉的户外生存达人,别说那捆绑着双手的绳子,就是铁丝应该也制服不了多久,怎么就成了眼前这个步履蹒跚、亦步亦趋的虚弱男人,他无法把二者联系到一块儿。他心中有无数个问题想要问杨穆,对于那个迈着优雅步子谈吐间充满自信的男子,他的问题更多!

"那几句话是怎么说来着,"男子对着空气说,脸上尽是轻松,像是领着一堆朋友回家一样自然、自在,"巨石之门,三碧聚合,金乌之口,玉璧逆行……"

第七章
CHAPTER 7

杨穆知道老齐他们的不满，但他对谁也没说，这是属于他和吴城的秘密。

关于那个梦，他很确定是启示，玉琯易主转手过几个人，每个人看到的都是不同的景象，这是他把几个片段拼凑在一起后得到的结论：玉琯是记忆载体，也就是说他们看到的事情都是真实发生过的。他决心要将玉琯整明白。

"汤……水……源……瑶池……河……"都是与水有关的词语，古人对自然万物常常神化崇拜，河有河伯，山有山神，打雷闪电都是神在操纵。《异物志》记载上古时期拿一种白色晶体涂在马匹身上，它能在水下呼吸，畅游九州沃土……太多信息同时"挤"进来，大脑瞬间当机……

杨穆一直想不明白为什么在紧张的环境刺激下反而思维混乱。读大学期间他在期末考前一夜突击马哲这类不感兴趣的科目，他到现在都还记得那种类似憋尿，老想上厕所的压迫感。"大脑在放松状态下能更有效地吸收新资讯和知识，放松性警觉……"他深吸一口气，让自己的心率维持在60—70次/分钟……

"盐……水……"

"以玉作音,故神人以和,凤皇来仪也……"

"玉琯,玉制成的乐器,六孔似笛……"

"渤水之上,良山美玉……"

突然,头脑中闪过一个泛黄的片段:

明理教学楼 B306 教室,阶梯式的座椅,半圆环形的讲台,消瘦的中年男教授扶着讲桌自顾自地传道授业,按照教学计划,这堂课讲的是盐史。睡眼惺忪的学生不是趴在课桌上明目张胆地睡觉,就是躲在最后一排的角落胡侃解闷。

"你们知道,"他用戏剧性的语调,"盐在某些文化里也有神物一说。"他故意停顿,预留了时间给尚未与周公交谈的学生反应和消化。

"咳,咳,远古时期盐还未成为餐桌上的调剂品。许多部落混居在一起,常常因为争夺生存空间和资源打得不可开交,经常是几个部落合作去攻打另一个部落。有个部落的领袖不愿意参与这种勾当,最后他成了靶子,被迫离开故土寻找新的领地。"

"相传他带领族人走遍九州都无法安身,最后来到了一座极其险峻的高山,许多族人在攀爬的过程中丧命,最后他走到半山一处平地,向天帝山神祈祷,一只大青鸟挥翅而下,扔下一个布袋鸣叫而去。"教授推着快滑至鼻翼的眼镜,用说书人的口吻继续讲故事。

"虚弱的首领打开布袋,伸手捞,发现手上都是细腻的颗粒物,他用鼻子去嗅,无气味,最后伸舌头去舔舐,舌尖的味蕾第一次感受咸涩发苦,遂弃之,可没过多久他突然觉得身体轻盈有力,思索下重新拾起布袋分发给族人,后又经研究将此物掺入食物,族人变得强壮有力,身上的毛发也没以前那么浓密……"

"哇,盐在进化论里也占有一席之地啊!"坐在最后一排聊天的安子歪着脑袋打趣道。这老头为了吸引同学的注意,吹得有些过了吧,"喂点盐给猩猩就能上演人猿星球了!"

今天以前,杨穆对这段记忆只是停留在同学的哄笑和教授尴尬的咳嗽上面。

"大青鸟……盐……"他有些后悔当年没有幼时的好奇心追问下去,合群的人必须舍弃自身的棱角,上大学以后对知识的渴求远逊于寻求同伴的认同。

"……色如碧璋……"他深吸一口气,小心地取出玉琯,严肃得像是在举行一场仪式,毕竟他们都见识过它的厉害,黑暗中他感觉到玉琯身上的蛇正盯着自己,蛇信子像条绳索慢慢地伸向他的脖子。指腹轻抚玉身,顺着蛇信子围着玉琯周身绕圈,"上古燧皇,九重通天,赠与神器,佑吾巫族……"琯身开始轻微地抖动,像一个手摇式手电,微微地散发几点绿光,"祁连之火,巫神之源,与吾族人,燃之不尽……"抖动的幅度越来越大,单手有些握不住这个极力想挣脱束缚向往自由的玉琯,他握紧,它挣脱。突然,他感到手心一阵痛。

"啊！"条件反射地把手打开，借着绿光看到距离中指不远的手掌上有两个大洞，他还来不及思考，一条大蛇吐着蛇信子在他面前左右晃动，洞大即毒蛇，他脑子里出现的第一条信息；遇蛇莫惊慌乱跑，第二条信息。大蛇没有展开攻击，而是吐着信子在他身边转来转去，他能感觉到蛇身从他脸颊掠过，冰凉粗糙……

唤醒我的人，眼前的人陌生、模糊。它记得上一个人身上不是这样的味道，那是个夹杂了血腥味和汗味的年轻人。

这个人，它吐着信子感知，抽动的脸颊……汗珠……他很紧张，它绕着躯干，打量思索，哆嗦……发抖……

他会是被选中的那个人？杨穆的脑袋"嗡嗡"作响，我可不能死。他想到同陷困境的同伴，体内的热血沸腾起来，片刻之后，他突然觉得眼前的巨蛇也没那么恐怖。

我可不怕你。他双目如炬，整个身体呈进攻姿态，准备迎接未知的危险……

你是谁？

信息的输入不是通过声音，而是通过一种特殊的波动在和我对话！这种超出他理解能力范围的恐惧更甚。 你又是谁？他只能摸着石头过河，集中精力与它交流，虽然他并不知道自己这种类似臆想症的行为是否有用。

你将我从混沌唤醒……

愚蠢的问题……

信息的输入断断续续，一点情绪波动都会干扰交流。

它晃动尾巴,灵活的身躯在人高的草堆里穿梭。

跟我来……

"现在加起来也只有两个玉琯,玉璧也被盗了,就算找到'巨石之门'又有什么用。"他故意转移话题回避男子的疑问。

男子的脸微微抽动,但很快又恢复了平静,"老祖宗告诉我们,凡事要有耐心,会水到渠成的。"脖子上的玉琯被太阳光照得发亮。

杨穆这才看清两个玉琯的区别:男子玉琯上的蛇尾巴比他的短,雄长雌短。他的玉琯已被夺去,还有李潇的利刃顶着后背,他不用回头就知道队友的信心一如大坝决堤般崩溃。

后面传来安子焦虑的声音,"我们需要休息。"男子回头,Krys 痛苦得弯下腰,脚踝肿得像个小山丘,"她的脚需要消肿。"前方是一道上坡路,虽不崎岖但坡度不小,男子左手抚摸胸前的玉琯,看得出他有些急迫。

杨穆不敢回头,他害怕看到队友们失望的眼神,也害怕自己为了挽救形象将计划和盘托出,更害怕看到受伤的Krys。

男子皱着眉头,从内衣口袋里掏出麻布小包,重重地扔给安子,"你把这个抹在脚踝周围。"

安子迟迟没有打开小包,杨穆头也不回地看着他的图纸,老齐叉着腰站在崖边的小土堆上,现在可以信任的两位挚友心里估计都有了疙瘩。

"安子哥,我来帮你。"热合曼无包一身轻,迈着轻快的步子蹦过去。安子感激地看着半道结识的新疆小伙,现在能信任的或许只有他了,他手脚麻利地解开包裹的绷带,轻轻地在受伤的部位揉搓。

长廊两旁的树林,层层递增的雪山,绿宝石颜色的溪水……杨穆强压住内心的雀跃,他知道黄帝之宫就在附近,男子像是看出他的诡计,话里有玄机,"只有她的继承人才能打开巨石之门,否则会引祸上身。"

继承人?被选中的人?他看着男子脖子上的"雌玉琯",想起那晚雄蛇与他的对话。

难道他是继承人?他决定先与之周旋再作打算,"关于这个'巨石'你知道多少?"

杨穆挥动手中的图纸,"我需要更多的信息。"

西北方飘来一阵薄雾,半朦胧的气体聚集在人群之中,模糊视线,更添紧张气氛。

男子比自己高小半个头,他眼神犀利,眉头紧锁,看来他还有秘密,杨穆趁雾色缭绕,快速思考,"不能被他牵着鼻子走。"

"杨穆!"老齐终于忍不住,粗暴地推开李潇,李潇的手一抖,匕首也跟着跌落,"这到底是怎么一回事!你还知道什么!"

男子显然没料到他会突然激动,从袍子里拿出一个看不出颜色和形状的武器朝他挥去。

杨穆离男子最近，出于本能的反应当然是推开老齐，他也没搞清眼前的状况，只听见脑袋"嗡嗡"作响。倒地的一瞬间他感到脸部一阵发凉，伸手去摸，黏黏的，一股刺鼻的腥味……恐惧瞬间传遍全身，"是血！"奇怪的是他并没有感觉到疼痛。

许久，血没有停止滴落，疼痛感也没有紧随而至，只听见耳边传来一阵骚动。

"杨穆！"李潇叫道。

老齐的耳朵似乎要被骚动声和恐惧挤爆。

队友们冲到杨穆面前，像电影里放的慢动作，大家伙围住受伤的他，可他什么也听不见……

"想什么呢？"

远处扔来一颗苹果，正中杨穆的脑袋，他揉揉眼睛，"你干吗？"他拿起跌落在身边的苹果啃了起来，也不知怎么搞的，他觉得肚子特别饿，像是好几天没吃过饭。胡子稀疏的吴城笑嘻嘻地坐在他旁边，"我相信你，兄弟！"说着，跟变戏法似的，从衬衣口袋掏出一块亮闪闪的东西，"拿着，有用。"

他看着吴城，突然眼前的画面开始扭曲，继而模糊，正想要开口问，一瞬间，吴城和阳光、草地都不见了，杨穆像是跌落悬崖，身体不停地下坠……

"穆……穆，你说什么？"

他一睁眼,就看见 Krys 着急的脸。

安子正用拇指掐着他的人中,嘴上不停地嘀咕,老齐忙着给他包扎伤口,热合曼往火堆里添柴火,一堆人围着他忙活转悠。朦胧中,他看见一张人脸,一张棱角分明、五官深刻的脸,正冷漠地看着他……

杨穆失血昏迷期间,邢天意"醒"了,但除了李潇没有人去关注这茬,两人久别重逢地抱在一起抽泣,李潇也没问他具体发生了什么,只是不停地道歉。

邢天意低头不语,突然像是想到了什么,抓着他的手,"我们都要完蛋了!"然后用颤抖的声音继续,"都还给他,还给他。"

李潇摸不着头绪,也不知道该说什么来安慰情绪不稳定的好友。

杨穆只觉得肚子钻心地疼,梦境太过真实,让他分不清现实和虚幻。

"他给的东西!"脑中灵光一现,突然想起他扔给自己的东西。他吃力地指挥僵硬的手指,原本干瘪的裤子口袋鼓了起来,大脑瞬间点燃通往身体的各路神经。"镇定,"他对自己说,顺便朝陌生男子的方向瞟去,"这或许是找到答案的唯一方法。"

杨穆正思考下一步的行动方案,一只柔软的手在他额头上轻轻掠过,有些冰凉。他抬眼望去,Krys 黑亮的眼球表面蒙上了一层薄雾,他的胸腔有一股热血奔腾欲出。"我……我没事。"他冷漠地推开她的手,挣扎着坐起身。

第七章

林桓满头大汗地从噩梦中醒来,进山以来,他的噩梦变得更频繁。

噩梦的内容从小时候起就一直在重复,母亲带他看了很多心理医生,也做了无数测试,鉴定结果都是精神正常,只有长期失眠导致的神经衰弱。

梦中总有一个模糊的身影,举着火把,低沉、浑厚的声音震慑四方,一堆奇装异服的人聚集在熊熊烈火周围,亦步亦趋地跟随那个模糊的影子……

众人唱诵结束,四个男人抬着两根木棍,由一条人群自动散开而成的通道走进祭台,步伐缓慢、稳重,木棍上面躺着的人,面色恐惧、极力挣扎、大声呼救……

随着一声巨响,林桓才从睡梦中惊醒。

"我只记得是个男的,"他双手抱头,痛苦得恨不得用大腿夹爆脑袋,"他们全是男的!"

赵教授背着手,站在林桓位于市中心的豪宅客厅,极尽奢华的装潢,名贵得让人咂舌的家具、玩物。他木然地拿起一杆黄金打造的工艺品:烟斗,"这个价值不菲吧?"

饱受噩梦折磨的富家公子抬头,一副不置可否的样子看着他,"您要是喜欢,拿走吧。"他的语气和拿走一包纸巾没什么两样。他贪恋的不可能是这区区世间俗物。

"可惜啊可惜。"他的眼神投射的只有怜悯。

林桓一脸不解,他的成长过程几乎可以用一路鲜花来形容,很难理解"可惜"二字的真正含义,"您这话什么意思?"

"黄金满屋换不来一夜安稳,"他意味深长地说,"怎不可惜?"眼睛死死地盯着林桓脖子上挂着的墨绿色玉琯。

"赵教授,我不明白,为什么还没结束?"他之所以参与进来,除了想弄清楚父亲的失踪之谜,更是想解决困扰自己的顽疾。

临时营地所处的山谷,荒蛮贫瘠得如来到另一个世界,肉眼的视线范围除了干巴巴的黄土地,就剩几棵孤木站在那儿苟延残喘,守护这片土地。

赵教授的精力,让人不禁怀疑起他的年龄。他背着和他一样高的行囊,双腿坚实有力,速度比起年轻人还要快些,休息的间隙常常一个人外出勘察地形。詹姆士的体力已属出色,但和他比起来,还是自愧不如。

他刚从外面回来,洗了把脸,"不要急。"他的节奏,和在舒适的城市生活并无二致。

"最近,"林桓不停地抖着腿,"我的梦变得越来越具体,那些人的脸,那个人的脸,"他深吸一口气,脸颊的红晕像是洗毛笔的池子,很快,整张脸都涨红起来,"他的脸太可怕了,太可怕了。"

赵教授担心的不是这个年轻人的命运。目前的形势尚不明朗,他还需要林桓。

"梦境越来越清晰是好事,说明正在靠近事实的真相,你要的东西很快就会有答复。"老者皱着眉头随口安抚道。

詹姆士的情绪越发糟糕,西恩不知去向,没有了打前站的人,就连安插在杨穆那里的线人也一并失去了联系。

"我们现在就像是偏离航道的孤船,"詹姆士背着手在帐篷里打转,面色涨红,情绪激动,"没有西恩的信息,也没有玉璧,过不了几天我们都会困死在这大山里!"

赵教授示意他小声点,脖子伸长往里望去,几日没睡的林桓终于合上了眼,"我们还有他脖子上的东西。"

詹姆士一脸的不以为然,"我们还不确定那个东西有没有用,"一向自信的他突然变得消极起来,双手使劲地来回搓,"老师,我不确定这个计划能否继续进行。"

"詹姆士,"他把手放在满脸倦容的中年人肩上,"我们的计划已经接近成功,现在只是遇到一点小麻烦,这个时候放弃太可惜啊。"

赵教授绝不会放弃,他对此有十足的把握。

"我需要和那个人谈一下。"杨穆指着离人群最远的那个人。陌生人背对着他,但他总感觉有一双眼睛监视着自己。"你不是想找到'巨石之门'吗?我需要更多的信息。"

"我已经给你够多的时间和信息了。"他侧脸,杨穆感到身体的某处竟战栗起来。

"无知的凡人。"

凡人?

又一次,他这样称呼我们……

杨穆看着他脖子上的玉琯,那可是活物,手上的伤口突然一阵刺痛……

"怎么?"他斜着眼,语气轻蔑,"这点肉体的苦都承受不了?"

他伸出一直躲藏在长袖下的左手,杨穆还从没见过这种景象。男人手上覆盖的"皮肤",肉眼能看见里层的纹理,血肉和骨头互相交织,难以分辨,手肘以下,隔几厘米就有一个手指大小的肉洞,糜肉堆叠累积,环绕着洞口……

杨穆感到胃里一阵翻腾。

"我在哪里?"

三角形的荒山,呈包围之势,中间架起了一小块稍显倾斜的平地。对面就是深不见底的悬崖。巨石扔下去,估计也听不见声响。棱角分明的脸上,碧绿色的眼瞳透着空洞,无助。衣服的褶皱,显示它的主人曾是个健硕的男人,与现在的体形反差极大。衣角已经被他抓成流苏状,形同槁木的手还在不停地向外扯。裤腿的几个口袋,东倒西歪地向四周延伸,腿部下方的黄土地,有几条弯弯曲曲的坑道,显然是被他狠狠地踩躏过。他不记得是怎么挪到这个角落的,只记得大脑一片混乱,熟悉的场景,拆分、重组,变成一幕幕画面,像从未睡着,却也没醒过。

西恩像是从混沌中醒来,眼睛突然被注入了光芒,回头,玉璧半掩着埋在他身后的洞口,身体像触电般颤抖着,

第七章

双手在空中胡乱挥舞，挣扎着逃离这个"怪物"。脚下的沙石跌落入悬崖，他惊恐地看着旁边深不见底的黑洞，玉璧安静地待在一旁，像个过客，冷漠地打量着他。他用力晃动脑袋，使劲回想，"它不是被我扔了吗？"

西恩所处的位置，除非有直升机空降，否则只能靠徒手攀岩了。他伸长脖子，不禁为他看到的景象产生出更多的疑问。他伸出双手，竟找不出任何可以徒手攀爬的痕迹，倒是手臂的背面，几块愈合的肌肤之间，有三个看着瘆人的黑洞，摸上去也不觉得痛。他眯着一只眼，朝黑洞看去，看似烂肉重叠的伤痕，居然规律地排列着几行图案。西恩只觉得熟悉，却想不起来在哪里看到过。这块熟悉的图案不是他此时应该深究的，怎么离开这个险地，怎么联系老板，任务该如何进行下去等，太多的问题等待着这个身经百战的人去解决。

"你的队伍，可不是一条心。"神秘人盯着站在小山丘上的 Krys，野外的风餐露宿，给她增添了几分野性美。

"你应该把时间放在破解图纸上面。"他背过脸，意味深长地留下这么一句话。

杨穆看着鞍前马后的安子，陷入了一股莫名的情绪中。

葱郁的山群，如海水般绵延至天边，无穷尽地向四方伸展。海拔越高，空气越发稀薄。

杨穆摸着缠着绷带的脸，无暇顾及疼痛，脑子里想着的是，昏厥过去时，吴城给他的东西，此时正安静地躺在口袋里。

他瞟了一眼黑衣人，按捺住想掏出那东西的好奇心，下落不明的吴城是通过何种形式，交给他一个东西？这一切也不是幻觉，因为东西真真切切地放在口袋里。

一周前，他还在为新工作担忧，现在却深陷虚幻之境，沼泽之地。

"就因为以前写的那么个破玩意儿？"

黑衣人不知何时走到杨穆身边："苍鸟山呢？"语气中带着怒气，更多的却是不耐烦。

"您急什么？这神山又不会跑。"安子嚼着热合曼在山下摘的一种野生果子，说是在野外能补充人体所需的元素。

老齐的眼皮自从杨穆受伤，就再也没抬起过，耷拉着跟泄了气的皮球，谁也不知道他在想什么。

"这……这……"热合曼递给 Krys 果子的手突然悬在半空中，他半张着嘴，眼睛死死盯着 Krys 站立的左后方。

一条银白色的巨蟒不知何时已缠绕在她身后的树枝，这和咬伤吴城的那条几乎一模一样。

安子扔下手中的茶壶，压低声音冲她小声吼："你别动。"

所有人望向 Krys，跟说好了似的，一动不动。

黑衣人和杨穆离他们最远，如果朝这边奔来，免不了惊动巨蟒。

巨蟒吐着信子，打量环绕在它周围的人群，身子来回攒动，紧张的气氛让它也躁动不安。

Krys 一动不动地定着,甚至都不敢扭头,她只能从别人的眼神中判断出自己的安危。

"没事的……没事的……"安子的话不知道是在安慰 Krys 还是自己。

（上部完）